AFFAIRES DE STAR !

Carol Higgins Clark est née à New York en 1960. Elle a travaillé pour le théâtre, le cinéma et la télévision avant de se lancer dans une carrière de romancière à suspense. Ses livres ont pour héroïne Regan Reilly, une jeune détective pleine de charme. Carol Higgins Clark a également co-signé plusieurs romans avec sa mère, Mary Higgins Clark.

Paru dans Le Livre de Poche :

L'ACCROC
AU VOLEUR !
BIEN FRAPPÉ
CHUTE LIBRE
LE COLLIER VOLÉ
FOR EVER
IRISH COFFEE
PAR-DESSUS BORD
PAS DE VEINE
SUR LA CORDE
TEMPÊTE SUR CAPE COD
LES YEUX DE DIAMANT
ZAPPING

Avec Mary Higgins Clark :

CE SOIR JE VEILLERAI SUR TOI
LA CROISIÈRE DE NOËL
LE MYSTÈRE DE NOËL
TROIS JOURS AVANT NOËL
LE VOLEUR DE NOËL

CARAL HIGGINS CLARK

Affaires de star !

Une enquête de Regan Reilly

ROMAN TRADUIT DE L'ANGLAIS (ÉTATS-UNIS) PAR BÉATRICE TAUPEAU

ALBIN MICHEL

Titre original :

MOBBED
publié chez Scribner en 2011.

ISBN : 978-2-253-00453-0 – 1re publication LGF

À la mémoire de notre oncle,
Kenneth John Clark
dit « L'oncle » au sein de notre famille
1931-2011
Tu nous as toujours fait rire et il en sera toujours ainsi
Nous te chérissons

Kevin, Marilyn, Warren, Glenn, David,
Carol, Brian, et Patty Clark
Billy et Tommy Quinn

Jeudi 4 août

1

Jack Reilly se pencha pour embrasser sa femme avant d'ouvrir la porte d'entrée de leur loft, à TriBeCa.

« Passe ce coup de fil, ce sera fait.

— Oui, oui, répondit Regan en faisant la moue. Pauvre Hayley. Je me doutais bien que ce type ne serait pas l'homme de sa vie. Mais de là à imaginer la scène d'hier soir.

— Elle échappe à une ordure de première. C'est mieux comme ça.

— Tu as raison. Mais mon petit doigt me dit qu'elle ne verra pas les choses de cette manière quand je vais lui raconter ce qui s'est passé. Il lui faudra sûrement un peu de temps avant d'en arriver à cette conclusion. Dans les dix ans, je pense ! »

Jack, qui s'apprêtait à sortir, esquissa un sourire. « Si elle doit apprendre la mauvaise nouvelle par un tiers, autant que ce soit par toi. Tu sauras trouver les mots. » Il serra Regan dans ses bras. « Je suis bien content d'avoir quitté le monde des célibataires. Voilà une autre raison de trinquer à la santé de ton père.

— Tu l'as dit ! D'ailleurs, papa ne se lasse pas de

nous entendre le remercier. Ce soir, ça ne fera jamais qu'un million de fois qu'on lève nos verres en son honneur. »

Jack et Regan s'étaient rencontrés le jour où Luke Reilly, propriétaire de trois entreprises de pompes funèbres dans le New Jersey, s'était fait enlever avec son chauffeur à New York alors qu'il sortait de l'hôpital où sa femme Nora se remettait doucement d'une fracture de la jambe. Jack, en sa qualité de chef de la brigade spéciale de la police, avait dirigé l'enquête. Pas besoin d'un dessin pour comprendre la suite.

« On prend la route vers dix-neuf heures, d'accord ? proposa Jack une fois dans le couloir. Avec un peu de chance, la circulation sera moins dense. »

Ils devaient passer le week-end – qui s'annonçait chaud et ensoleillé – avec les parents de Regan à Spring Lake. Ces derniers y avaient acheté une maison près de la plage après avoir passé des années dans les Hamptons. Ils fêteraient l'anniversaire de Nora samedi.

Regan se prit à sourire en regardant Jack appeler l'ascenseur. Cet homme dans sa vie, c'était la meilleure chose qui lui soit arrivée. Et il était tellement beau avec son mètre quatre-vingt-sept, ses yeux verts et ses cheveux châtain clair légèrement bouclés. Regan, elle, mesurait un mètre soixante-dix, avait les cheveux bruns, les yeux bleus et le teint pâle – une « Irlandaise noire ». Les gens disaient souvent qu'ils semblaient faits l'un pour l'autre.

La porte de l'ascenseur s'ouvrit. « À plus tard, Regan Reilly Reilly », dit Jack en lui faisant signe de la main.

Autre détail : tous deux étaient nés avec le même

nom de famille, ce qui avait épargné à Regan tout un tas de démarches compliquées après leur mariage.

« Je t'aime », lança Regan avant de refermer la porte. Puis elle se dirigea tranquillement vers son bureau. À l'époque où elle avait rencontré Jack, Regan vivait à Los Angeles. Détective privé, elle travaillait dans un bureau exigu et miteux de Hollywood. En emménageant à New York, elle avait installé son cabinet dans leur appartement, un loft spacieux qu'ils avaient rénové, non sans peine. Comme elle disait toujours, ce n'était pas de la tarte de rénover cet appart', mais ça valait le coup.

D'ordinaire, son espace de travail, avec son bureau en acajou brillant et ses étagères assorties pleines de livres et de photos, lui paraissait accueillant. Mais aujourd'hui, c'était différent. Elle aurait préféré se débarrasser de ce coup de fil la veille mais Hayley avait dû travailler bien après minuit. Regan s'assit et jeta un œil à la pendule – une vieillerie qu'elle tenait de sa grand-mère – sur le manteau de la cheminée. Huit heures dix. Elle trouva le numéro de portable de sa copine de lycée sur un bout de papier près du téléphone.

Hayley Patton avait contacté Regan lundi matin après un nouveau week-end de déprime sans son petit ami. Scott Thompson, qu'elle fréquentait depuis quatre mois, sortait d'un divorce pour le moins houleux et avait manifesté le besoin de passer ses week-ends avec son fils de seize ans dont la mère avait la garde.

« Je dois me consacrer à Trevor, avait-il dit. Le temps que les choses se tassent. »

Scott vivait et travaillait dans le nord du New Jersey. Hayley, qui commençait à se faire un nom dans le milieu de l'événementiel, résidait quant à elle dans un grand appartement à New York.

« Elle est bien bonne, celle-là ! avait dit Hayley à Regan. Tu en connais beaucoup toi, des gamins de seize ans qui veulent passer tous leurs samedis soir – ou presque – avec leur papa chéri ?

— Non, pas vraiment », avait concédé Regan.

Hayley avait alors vidé son sac. « Personne ne l'empêche de passer la journée avec son fils ! Mais il pourrait au moins venir dîner avec moi. Il lui suffit de traverser le pont George Washington. Il l'a déjà fait d'ailleurs. Mais là, ça fait plus d'un mois qu'on ne s'est pas vus le week-end. On est en plein été. Tu crois qu'on irait à la plage comme le font les couples normaux ? Je deviens dingue. On passe de si bons moments ensemble. J'ai l'impression que je lui plais vraiment. Moi, il me plaît. Il a peut-être simplement besoin de temps avant de s'investir dans une autre relation, mais s'il me baratine, je préfère le savoir maintenant, pas dans dix ans. En tout cas, il adore m'accompagner à toutes ces réceptions – peut-être un peu trop d'ailleurs. Regan, avait-elle poursuivi après un temps d'arrêt, tu ne voudrais pas bosser pour moi ? Voir un peu ce qu'il fabrique ?

— Bien sûr, Hayley. Quand es-tu censée le revoir ?

— Jeudi.

— Qu'a-t-il prévu pour les soirées à venir ?

— Aucune idée !

— Je commence aujourd'hui si tu veux. Je peux le suivre quand il quitte son bureau.

— Super ! »

Pendant deux jours, Regan avait filé Scott à sa sortie du travail. Il était allé à la salle de gym avant de rentrer directement chez lui. La veille, Jack, qui avait terminé tard les deux soirs précédents, s'était libéré de bonne heure pour l'accompagner.

Regan prit le combiné. Bon, quand faut y aller, faut y aller, songea-t-elle en composant le numéro de Hayley.

Celle-ci répondit à la première sonnerie. Le bruit des klaxons et d'une sirène qui hurlait au loin semblait indiquer qu'elle se trouvait dans la rue. « Scott vient juste de me laisser un SMS pour annuler notre rendez-vous de ce soir, Regan. Il dit qu'il m'appellera plus tard. Tu as du nouveau ?

— Oui.

— Je devine au son de ta voix que ça ne va pas me plaire.

— En effet.

— Il avait vraiment envie de m'accompagner à la première hier soir mais je n'ai pu amener personne, expliqua Hayley sur un ton plaintif. Avec toutes les stars présentes, le service de sécurité était très strict. Il a tâté le terrain pour savoir s'il y avait moyen de venir avec moi quand il m'a téléphoné hier. Qu'est-ce qu'il a fait de sa soirée finalement ? »

Bon, pensa Regan. Nous y voilà. « Hayley, il est sorti avec...

— Je savais bien qu'il voyait quelqu'un d'autre, interrompit Hayley. Ils avaient l'air de passer un bon moment ?

— Eh bien... commença Regan. Hayley, autant te le dire. Hier soir, Scott s'est fiancé.

— Fiancé ?

— Oui. Jack était avec moi. On l'a suivi de son bureau jusqu'à un restaurant, à une heure de voiture, au sud. On a attendu une quinzaine de minutes avant d'entrer nous aussi. On a pris une table près de la sienne. Il était avec une femme…

— Tu l'as entendu lui faire sa demande ? demanda Hayley en hurlant presque.

— Pas exactement. C'était un restaurant chinois. Quand elle a ouvert son beignet chinois, la bague a glissé.

— Qu'est-ce qui s'est passé ensuite ?

— Je crois que le message disait : “Veux-tu m'épouser ?” Elle a crié de joie, dit oui et les serveurs se sont mis à applaudir.

— Oh, la honte !

— Je ne te le fais pas dire. Ce type n'était vraiment pas fait pour toi.

— Elle était jolie ?

— Disons que…

— Non, ne me dis rien, interrompit Hayley d'une voix étranglée. Il avait sûrement tout prévu depuis un moment. Pourquoi me faire marcher alors ? Juste pour fréquenter des soirées people et des boîtes de nuit branchées ? Il attendait de voir s'il pourrait venir à la première hier soir pour me larguer ?

— Je ne sais pas, Hayley. Ce qui est sûr, c'est que tu es bien mieux sans lui. Il a dû mentir à cette autre femme aussi.

— Oh, Regan ! Il va me le payer. Je ne sais pas comment, mais je trouverai un moyen. Il va le regretter, crois-moi.

— Hayley, ne fais rien d'irréfléchi. Oublie-le. Tu rencontreras quelqu'un d'autre. Tu sors tout le temps…

— C'est ce que tout le monde dit, mais ce n'est pas si facile. Je n'y vais pas pour le plaisir, à ces soirées. C'est mon boulot. L'année dernière, j'ai tenté ma chance sur un site de rencontres et qu'est-ce qui s'est passé ? Ils m'ont arrangé un rendez-vous avec mon frère !

— Je sais, répondit Regan avec sollicitude.

— Bon, je dois attraper mon métro. Je te rappelle plus tard, d'accord ? dit-elle sans s'arrêter, des sanglots dans la voix.

— Quand tu veux, Hayley. Tu as mon numéro.

— Merci. Au revoir. »

C'est vraiment un sale type, ce Scott, pensa Regan en allant à la cuisine. S'il avait pu accompagner Hayley hier, quand aurait-il demandé cette fille en mariage ? Ce soir ?

Elle se servait une tasse de café lorsque le téléphone se mit à sonner. Elle décrocha le combiné mural.

« Allô ?

— Il va me le payer ! » déclara Hayley avec véhémence par-dessus le vrombissement du métro. « Je ne sais pas encore comment mais je trouverai. À plus tard. »

Regan entendit un clic. L'instant d'après le téléphone sonna de nouveau. Elle est bouleversée, pensa-t-elle en décrochant, persuadée que Hayley s'apprêtait à lui livrer dans le détail ses intentions vengeresses.

Mais il s'agissait de sa mère.

« Bonjour, maman. Tu n'es pas devant ton ordinateur à l'heure qu'il est ? »

Nora Regan Reilly, célèbre auteur à suspense, se mettait généralement au travail dès six heures du matin.

« Si, dit Nora, mais j'ai un service à te demander. Tu veux bien sauter dans le premier train pour me rejoindre ?

— Bien sûr. Que se passe-t-il ?

— Je viens juste de recevoir un appel désespéré de Karen Fulton. Tu sais, cette amie du lycée que j'ai retrouvée à la réunion des anciens élèves ce printemps ? Celle qui vit à San Diego. Elle vient d'apprendre que sa mère, l'inénarrable Edna Frawley, a vendu leur villa à Bay Head.

— Celle où tu allais jadis ?

— Jadis ? répéta Nora avec un petit rire. Je te remercie, ma fille. Eh bien, oui, celle-là même !

— C'est une façon de parler, maman ! protesta Regan.

— Bref. Edna organise un grand vide-grenier aujourd'hui. Elle a loué un avion à bannière publicitaire pour survoler la plage et mis une annonce en pleine page dans le journal local. Elle se débarrasse des affaires de Cleo Paradise, cette actrice qui a passé le mois de juillet dans la maison – elle y a laissé un tas de choses. Karen a peur que tous ses souvenirs d'enfance se volatilisent. Elle arrive en avion mais elle ne sera pas là avant ce soir. Elle m'a demandé d'aller voir ce qui se passe. J'aimerais que tu m'accompagnes.

— Je vais regarder les horaires de train, dit Regan en retournant dans son bureau. Mais dis-moi, elle m'a tout l'air d'un sacré numéro, la mère de Karen.

— Ce n'est rien de le dire. Je me souviens très bien d'elle. On n'est jamais à l'abri d'une surprise avec cette chère Edna. »

Comme avec Scott, songea Regan en se remémorant la scène au restaurant chinois. Pour une surprise, c'était une surprise, cette demande en mariage. Résultat, Hayley rumine sa vengeance.

Regan se sentit brusquement inquiète. Si ces deux-là se croisaient, qui sait quelle autre surprise il pourrait lui réserver ?

2

Vingt-sept minutes plus tôt

« Je n'arrive pas à y croire ! » pleurnichait Karen Fulton.

Edna Frawley avait éloigné le téléphone de son oreille : l'hystérie de sa fille ne cadrait guère avec la limpidité de l'air matinal. À croire que ma chère fifille se trouve à deux pas d'ici, et non à quatre mille cinq cents kilomètres en Californie, songea Edna tout en tapotant ses cheveux blond vénitien impeccablement coiffés. À soixante-dix-huit ans, Edna était dans les starting-blocks. Maquillée comme pour une soirée et vêtue d'une combinaison qu'elle avait portée dans les années soixante, elle se délassait dans son petit pavillon de jardin en attendant l'arrivée imminente des clients de son vide-grenier. Et avec un peu de chance, d'une ou deux équipes de télévision.

« C'est l'heure, ma chérie, dit Edna gaiement en prenant sa tasse de café. Quand la chance frappe à ma porte, je fonce !

— La chance ? Tu agis sur un coup de tête ! Et tu fais confiance à un parfait inconnu.

— Le parfait inconnu, comme tu dis, m'offre une coquette somme d'argent pour cette maison. À un moment où personne n'achète.

— Mais tu n'avais pas mis la maison en vente !

— C'est encore mieux ! Ça m'évite de payer une commission !

— Tout de même, c'est notre villa de vacances ! protesta Karen. J'y ai passé tous mes étés, depuis ma plus tendre enfance. C'est là que sont tous nos souvenirs. Ça n'a pas de prix.

— Tu n'arrêtais pourtant pas de te plaindre : le quartier était trop luxueux, trop loin de la promenade, des autos tamponneuses, trop loin de…

— Je sais, mais je n'étais qu'une gamine, interrompit Karen. Aujourd'hui, je vois bien que nous sommes des privilégiés. Ça ne fait rien si la maison n'est pas sur la plage !

— C'est même une chance ! Ton père était obsédé par l'érosion. Il aurait passé son temps un mètre ruban à la main. » Edna soupira. « Comprends-moi bien, ma chérie. Je vais beaucoup regretter ce merveilleux jardin, la piscine, la tranquillité. Cet endroit a son charme. Mais vu le marché actuel, les acheteurs prêts à lâcher le montant auquel tu évalues tes souvenirs ne courent pas les rues. Je serai peut-être six pieds sous terre quand le prochain pointera le bout de son nez !

— J'aurais préféré que tu m'en parles avant.

— Pour dire quoi, d'abord ? Et puis tu viens ici, quoi… une fois, deux fois par an ? Ton père est mort il y a six ans. Depuis, je passe mes jours à maugréer ici toute seule. Arnetta me le disait tout le temps : loue ta villa au moins un mois chaque été, ça te fera un peu de sous ! Et viens vivre avec moi dans mon village de retraités ; si ça se trouve, ça te plaira ! Je ne la remercierai jamais assez. J'ai adoré mon séjour à Golden Peaks. Je vais pouvoir y acheter une maison !

— Je croyais qu'elle te tapait sur les nerfs, Arnetta.

— Ça s'arrange.

— Mais pourquoi tu te précipites ? On pourrait passer en revue ensemble tout ce qu'il y a dans la maison avant que tu fasses ton vide-grenier.

— Les choses sont déjà en marche, ma douce. En plus, le monsieur veut emménager le plus tôt possible. Et puis quelle chance d'avoir toutes ces choses que Cleo Paradise a laissées ici ! Je vais pouvoir les vendre. Ça va attirer des gens qui n'auraient jamais eu l'idée de venir. J'espère bien me débarrasser de toutes les vieilleries qui sont au grenier et au sous-sol. Ça n'a pas été une mince affaire de tout trier !

— Ne vends pas mes affaires !

— Je les ai mises de côté.

— Maman, je ne suis pas sûre que tu aies le droit de vendre les affaires de Cleo Paradise. Tu devrais la prévenir et lui donner un peu de temps pour venir les récupérer, tu ne crois pas ?

— Figure-toi qu'elle m'a laissé une lettre. Je pensais la voir en rentrant dimanche mais elle a quitté la maison plus tôt que prévu. Bref, elle s'excusait des dégâts éventuels, me disait de garder le dépôt de garantie et de disposer de ce qu'elle avait pu oublier. C'est écrit noir sur blanc. Encore un coup de chance ! Et puis ça lui apprendra à être moins négligente.

— Cela dit, tu n'aurais pas dû mettre son nom dans ton annonce.

— Pourquoi ça ?

— Ça ne me semble pas réglo. Je croyais que tu l'aimais bien.

— Elle a refusé mon invitation à déjeuner au club mais c'était une chic fille. Tu sais ce qui m'a touchée chez elle ?

— Quoi ? demanda Karen sans enthousiasme.

— Elle a dit qu'elle avait hâte de s'installer confortablement dans le pavillon de jardin pour bouquiner. Ton père et moi y avons passé tant de nuits d'été...

— C'est là que j'ai reçu mon premier baiser, se souvint Karen.

— Ne m'en parle pas, rétorqua Edna. Je n'ai jamais aimé ce garçon. Il avait un surnom complètement loufoque. C'était quoi déjà ?

— Fish.

— C'est ça. Il aimait bien nager. Il avait toujours les doigts tout fripés, dit Edna en levant les yeux au ciel. Allons, Karen, c'est une bénédiction, ce qui arrive. Quand je suis rentrée dimanche, j'avais un peu le cafard. Bien sûr, j'étais contente de retrouver mon chez-moi mais, en même temps, c'était dur de quitter les amis que je me suis faits à Golden Peaks. Je me préparais du thé – ma grand-mère disait qu'il n'y avait pas mieux contre un coup de blues quand ce n'est pas encore l'heure de l'apéro –, lorsqu'on a sonné à la porte. C'était le destin ! Plus tard dans la soirée, j'ai entendu des dingues passer en voiture, ils klaxonnaient, criaient le nom de Cleo. Je me suis dit que j'avais bien fait d'accepter de vendre la maison. C'est vrai qu'il y a le portail et le système d'alarme, mais je ne me sens plus en sécurité ici... » Edna marqua une pause pour laisser à sa fille le temps d'enregistrer cette dernière remarque. « À Golden Peaks, au moins, je ne serai pas complètement seule.

— J'aimerais pouvoir vivre plus près de toi, maman. Mais le siège de la boîte de Hank est ici, à San Diego.

— Je sais. Il fait des recherches sur les algues du Pacifique. Pourquoi pas celles de l'Atlantique, hein ? demanda Edna pour la énième fois. L'océan est au bout de la rue. Si vous viviez avec moi, Hank pourrait aller au boulot à pied. »

Karen soupira. « Frankie est au courant ?

— Ça m'étonnerait. Je ne sais même pas où il se trouve au moment où je te parle. Au beau milieu d'un océan, à jouer du piano. Qu'est-ce que ça peut bien lui faire ? Il n'est jamais là, lui non plus. Mes enfants ont tous la bougeotte ; c'est la vie.

— As-tu quelqu'un pour t'aider à gérer le vide-grenier ?

— Deux adorables jeunes femmes dont c'est le métier. Leur affaire s'appelle « Les Gourous du vide-grenier ». Je suis ravie de les avoir trouvées.

— Et pour la sécurité ?

— Deux jeunes gars, beaux et tout en muscles. Qu'est-ce que je ne donnerais pas pour avoir de nouveau vingt ans…

— Tu les connais ?

— Ils sont videurs dans une des boîtes de Asbury Park. On me les a chaudement recommandés. Ils ont des tatouages et tout le toutim. » Immobile, Edna regardait le jardin, la piscine qui scintillait sous le soleil et les hautes haies luxuriantes le long de la clôture en fer forgé. La pelouse était couverte de tout un bric-à-brac. « Je commence une nouvelle vie, ma douce. C'est tellement excitant. Je me sens de nouveau jeune. Et avec toutes mes douleurs, ce n'est pas rien !

— J'appelle les compagnies aériennes.

— J'ai hâte de te voir. Je te réserve une autre grosse surprise.

— De quoi il s'agit ? demanda Karen.

— Si je te le disais, ce ne serait plus une surprise, n'est-ce pas ? » répondit Edna.

Puis elle raccrocha, toute guillerette.

3

Regan se précipita dans sa chambre après avoir consulté les horaires des trains. Elle avait une heure pour rejoindre Penn Station. Heureusement que j'ai commencé à préparer mes bagages, pensa-t-elle en fourrant d'autres vêtements dans sa valise.

Elle n'arrêtait pas de penser à Hayley. Je l'ai rarement vue bouleversée à ce point. Si seulement je connaissais un chouette célibataire, je pourrais le lui présenter, songea-t-elle en rassemblant ses affaires de toilette. Remarque, Kit m'en voudrait à mort de ne pas avoir pensé d'abord à elle.

Kit n'était autre que la meilleure amie de Regan. Toutes deux s'étaient connues lors de leur semestre en Angleterre, avant de passer leur licence. Installée à Hartford, Kit travaillait pour une compagnie d'assurances et n'avait toujours pas rencontré l'âme sœur. Depuis qu'elle avait croisé le chemin de Jack, Regan était toujours à l'affût d'un homme pour son amie.

Jusqu'à présent, cela n'avait guère porté ses fruits. À l'occasion du 4-Juillet, Kit avait passé le week-end à Spring Lake avec les Reilly. Regan lui avait arrangé un rendez-vous qui avait été un fiasco. En repensant au moment où Kit était rentrée du restaurant, Regan éclata de rire.

« Regan ! s'était écriée Kit. Tu as perdu la tête ?

— C'était si affreux ? avait-elle demandé, dans ses petits souliers.

— Affreux ? C'était pire que ça ! Je me suis fait des tas de films depuis que tu m'as parlé de lui. D'accord : il a mon âge, il est célibataire, pas vilain et cultivé. Mais il a passé la soirée à me parler de sa fascination pour les invertébrés.

— Les invertébrés ?

— Oui, les invertébrés.

— Quand je me suis fait piquer par une méduse, il m'a été d'un grand secours. Il a appliqué du vinaigre sur ma jambe – il en avait dans son sac. Il savait exactement quoi faire.

— Du vinaigre dans son sac ? Regan, la plupart des hommes avec qui je suis sortie n'ont même pas de crème solaire quand ils vont à la plage. Ça ne t'a pas mis la puce à l'oreille ? Je n'en reviens pas. Et ce n'est pas tout ! Quand on s'est installés à table, il m'a refilé une serviette rafraîchissante pour les mains ! Et il a exigé qu'on ait chacun une corbeille à pain.

— C'est vrai qu'il a des côtés bizarres. Mais il fallait tenter le coup, Kit.

— Tu as raison. Tu sais, Regan, poursuivit Kit après un temps, j'apprécie ce que tu fais pour moi. Vraiment. Mais bon, ce type était totalement obsédé par les mollusques !

— Dans ce cas, aucune chance que vous soyez faits l'un pour l'autre ! » conclut Regan en riant.

Regan jeta un œil au radio-réveil et accéléra le mouvement. Une fois sa valise bouclée, elle téléphona à Jack.

« Tout se passe comme tu veux ? lui demanda-t-il.

— Oui, pas de problème. Ma mère m'a appelée », commença-t-elle avant de le mettre au courant pour le vide-grenier.

« Cleo Paradise ? Comment s'est-elle retrouvée à louer cette maison ?

— Aucune idée. Dire qu'il y a un an à peine, c'était une parfaite inconnue. Un blockbuster et une nomination aux oscars plus tard, voilà qu'on profite de son nom pour attirer le chaland à un vide-grenier !

— Elle ne doit pas détester la célébrité, va ! Mais tout a un prix. Elle n'a pas décroché l'oscar, son dernier film a fait un bide – ce qui n'a pas déplu à tout le monde – et maintenant, elle tient le premier rôle dans un vide-grenier. La question, c'est : pourquoi a-t-elle laissé tout un tas de trucs là-bas ?

— Va savoir. Peut-être qu'il n'y a pas grand-chose.

— Au fait, tu as réussi à joindre Hayley ?

— Oui. Elle est furieuse, ça va sans dire. Et décidée à se venger, ce que je trouve inquiétant. J'espère qu'elle va se calmer. Bon, il faut que j'y aille, Jack. Mon sac est prêt. Tu peux le prendre avec toi ce soir ?

— Bien sûr. Sois prudente, Regan. »

Ces quelques mots la firent sourire. Jack ne cessait de les lui répéter, et elle ne s'en lassait jamais. « Compte sur moi. »

Dehors, le soleil était radieux malgré l'heure matinale. Regan héla un taxi. « Penn Station », dit-elle en fermant la portière.

Sans un mot, le chauffeur accéléra. Il m'a sûrement entendue, pensa-t-elle. Qu'est-ce qu'il conduit mal !

Puis elle perçut les marmonnements. Encore un chauffeur qui utilise son portable au volant, malgré l'interdiction. Mais de quoi peuvent-ils parler, ces types, pendant des heures ?

Arrivée à la gare, Regan paya la course non sans laisser un généreux pourboire au chauffeur qui ne lui montra pas une once de gratitude. J'aurais trop mauvaise conscience si je ne le faisais pas, songea-t-elle en rangeant son portefeuille dans son sac à main. On perd à tous les coups dans ce genre de situation. Elle descendit de voiture et se précipita vers l'escalier mécanique. Dans le hall en contrebas, de nombreux voyageurs – pour la plupart en shorts et en tee-shirt – se pressaient déjà avec leurs valises. La météo promettait du soleil et de la chaleur pour ce magnifique week-end d'août.

Regan prit un café après avoir acheté son billet. Une fois installée dans le train, elle sortit son ordinateur portable pour envoyer un mail à Hayley, lui dire en quelques mots de s'accrocher et qu'elle l'appellerait plus tard. Puis elle lança une recherche sur Cleo Paradise. Plusieurs photos de l'actrice apparurent à l'écran. Menue, elle avait les cheveux châtain clair, un teint de porcelaine et de beaux yeux verts.

Cleo était fille unique. À la suite de leur mariage, ses parents avaient ouvert une agence de voyages appelée Paradise Adventures et pris le même nom. Ils étaient sans cesse par monts et par vaux, emmenant leurs clients à la découverte du monde. La naissance de Cleo n'avait rien changé : ils avaient continué de bourlinguer, la petite sous le bras. Ils avaient tout vu – l'Arctique, le Bassin amazonien, le pôle Nord, la forêt tropicale du Brésil – et vécu mille expériences.

Trek dans l'Himalaya, nuits dans des grottes, camping dans le désert avec des Bédouins, exploration d'épaves au milieu des requins. Ils avaient beau être à la retraite, ils étaient toujours pleins d'énergie. De chacun de leurs voyages, ils rapportaient des collections d'objets qu'ils projetaient d'exposer dans leur propre musée, le jour où ils s'estimeraient trop vieux pour sillonner la planète. Si tant est que cela arrive.

Regan était médusée. Comment, avec un tel passé, Cleo avait-elle échoué chez Edna, dans une petite ville tranquille du New Jersey ?

Après tout, ce n'est peut-être pas si surprenant, songea-t-elle. Elle avait probablement envie de se mettre au vert, loin du feu des projecteurs.

La voilà servie, avec une propriétaire comme Edna Frawley !

4

Installée derrière un petit bureau en rondins devant l'écran de son ordinateur, Cleo n'en revenait pas. Elle vend mes affaires dans un vide-grenier ! s'indignait-elle. Sans doute les vêtements que j'ai laissés dans la machine et le sèche-linge. Lamentable, cette bonne femme ! Pourquoi j'ai loué sa maison ? Rien qu'en la voyant, j'aurais dû me douter qu'elle me causerait des ennuis.

Cleo avait pris ses quartiers dans un village de cabanes en bois – le seul qu'on puisse trouver dans le New Jersey – à cent dix kilomètres à l'ouest de chez Edna. Dirk Tapper, trente-deux ans, fasciné par la vie des pionniers, avait créé ce camp parce qu'il pensait que les gens nés, comme lui dans le New Jersey, ne devraient pas avoir à traverser la moitié du pays pour vivre à l'heure du Far West. Gamin, il adorait regarder les rediffusions de *Bonanza* et rêvait d'avoir un cheval, un corral et une étable. Il ne se lassait jamais de voir Little Joe, Hoss, Adam et leur père sauter sur leurs montures et partir au galop en quête de nouvelles aventures. C'est comme ça qu'il aurait voulu vivre, mais le destin en avait décidé autrement. Il avait grandi au rez-de-chaussée d'une maison dont le premier étage était occupé par ses grands-parents. Pour satisfaire son âme de cow-boy, son père l'avait emmené dans un hôtel-ranch à l'âge de sept ans. Le petit Dirk Tapper avait été conquis.

Après le lycée, Dirk était parti dans l'Ouest pour y faire ses études et travailler dans un ranch. Mais étant issu d'une famille très unie – à l'image des Cartwright –, il s'ennuyait trop des siens pour envisager d'y faire sa vie. Son diplôme en poche, le cow-boy solitaire était donc rentré au pays où il avait travaillé comme paysagiste. Au bout de quelques années, il avait pu, grâce à ses économies et avec l'aide d'investisseurs, acheter une vaste parcelle de terre boisée, avec un grand lac, sur laquelle il avait construit un village de cabanes en rondins. Un décor champêtre pour vivre des moments paisibles.

Dans sa brochure publicitaire, Tapper rappelait que c'était à Swedesboro, dans le New Jersey, qu'on avait construit la première cabane en rondins des États-Unis et que, si le littoral était magnifique, le massif forestier valait lui aussi le détour. *Venez vous balancer dans un hamac niché dans la verdure, prendre un bain de soleil au bord du lac, emprunter nos sentiers à cheval. Remontez le temps et faites l'expérience d'une vie paisible, loin du monde moderne.*

Cleo, qui cherchait un endroit où se cacher après avoir quitté la maison d'Edna, avait trouvé le camp sur la Toile.

Après tout ce qu'elle avait traversé ces derniers mois, elle n'avait qu'une envie : fuir Hollywood. Les Hamptons étant le Hollywood de la côte Est, elle avait opté pour les plages du New Jersey. Initialement, Cleo et sa meilleure amie, Daisy, avaient prévu de traverser le pays en voiture et de passer tout un mois dans la maison d'Edna. Au programme : détente au bord de la piscine, promenades sur la plage, virées à New York pour profiter de ses spectacles. Mais Daisy, qui avait toutes les peines du monde à percer – sans pour autant jalouser Cleo pour son succès –, avait décroché un rôle dans un film. Cleo était donc partie seule. Elle avait fait la route entre Los Angeles et le New Jersey dans son 4×4, s'arrêtant dans des motels sous le nom de Connie Long pour qu'on lui fiche la paix. Ce voyage en solitaire avait été éreintant. À son arrivée, Edna l'avait accueillie à bras ouverts. Mais en dépit de sa solitude, Cleo n'avait pas l'intention de faire ami-ami avec cette femme qui, au premier coup d'œil, lui apparut comme une fouineuse.

Cleo s'était baignée, reposée, elle avait lu, parlé régulièrement au téléphone avec Daisy, reçu quelques mails de ses parents qui étaient dans une lointaine région d'Europe de l'Est. En mal de compagnie, elle s'était aventurée en ville et avait bêtement baissé sa garde. Elle avait papoté avec les gens à la cafétéria, au pub, au supermarché. Peu de temps après, un soir, en ouvrant le portail de la villa, elle trouva sur le sol une douzaine de roses fanées.

Exactement comme celles qu'elle avait découvertes sur sa voiture à Los Angeles.

Elle avait pris peur.

Pourtant, appeler la police lui paraissait ridicule. Dans son dernier film, celui qui avait fait un flop, elle était la proie d'un désaxé qui lui laissait des roses mortes. Si elle signalait l'incident, la presse en ferait ses choux gras. Ils en concluraient peut-être qu'elle avait inventé cette histoire de toutes pièces pour faire parler d'elle. Mais l'incident se répétait. Qui avait pu laisser ces fleurs ? La même personne qu'à Los Angeles ou une autre qui avait eu la même idée malsaine après avoir vu ce film pour le moins embarrassant ?

Une semaine plus tard, rebelote. Cleo essaya de ne pas paniquer. Mais la troisième fois, elle trouva le bouquet devant la porte avec un mot couvert de taches de sang. Il ne lui en fallut pas davantage pour plier bagage. Préférant ne pas inquiéter Daisy, elle ne lui en souffla mot. Avec un peu de chance, son amie – toujours en tournage dans les Everglades en Floride et couverte de piqûres de moustiques – ne tarderait pas à la rejoindre. Cleo irait la récupérer à l'aéroport de Newark sitôt le film terminé et elles rentreraient ensemble en Californie. Le village de cabanes semblait l'endroit rêvé pour disparaître de la circulation en attendant.

Assise devant son ordinateur, Cleo repensa au mot qui accompagnait les fleurs.

VA-T'EN AVANT QU'IL NE T'ARRIVE MALHEUR.

Elle avait eu une peur bleue. Je me demande comment j'ai fait pour rentrer dans la maison et rassembler mes affaires, pensa-t-elle en posant sa tête sur le bureau en rondins. Elle se releva d'un bond – elle s'était enfoncé une écharde dans le front.

Et cette lettre que j'ai laissée ! Qu'est-ce que je suis allée raconter ? J'ai décroché un rôle dans un super-film donc je pars plus tôt ! N'importe quoi ! Mais j'avais promis à Edna d'être là à son retour ; il me fallait bien une excuse. J'espère qu'elle n'est pas en train de répéter ça à tout le monde.

Trois coups à la porte la firent sursauter. « Qu'est-ce que c'est ? demanda-t-elle.

— Miss Long ?

— Oui.

— C'est Gordy, de la réception. D'après le patron, je n'ai pas assuré ce matin avec les gens qui sont arrivés. Du coup, j'essaie de me rattraper ! Je vais au marché. Vous avez besoin de quelque chose ? Comme vous êtes seule là-dedans depuis plusieurs jours… »

Cleo leva les yeux au ciel. Elle leur avait dit qu'elle écrivait un livre sur la méditation. Pourtant, elle était convaincue que Dirk Tapper, même s'il ne l'avait pas reconnue, n'avait pas gobé son histoire. L'autre soir, il était venu toquer à sa porte pour savoir si ça lui ferait plaisir de se joindre aux autres, histoire de déguster quelques marshmallows autour du feu de camp. Elle avait décliné la proposition. Ce qu'elle s'apprêtait de nouveau à faire avec Gordy.

« C'est gentil, Gordy, mais j'ai tout ce qu'il me faut.

— Sûr ?

— Oui. Je vous ouvrirais bien la porte mais je suis encore en peignoir.

— Vous me faites penser à ma mère. Elle déteste qu'on la voie avec ses bigoudis ! »

Au secours, pensa-t-elle en grimaçant. Puis elle fit semblant de rire. « Merci, en tout cas.

— À votre service ! Si vous avez besoin de quoi que ce soit, appelez la réception.

— D'accord. »

Cleo attendit un instant avant de regarder par la fenêtre. Gordy se dirigeait vers le sentier boisé, haute silhouette dégingandée, les bras ballants. Il veut bien faire, se dit-elle. Mais on devrait pouvoir rester seul dans cet endroit, non ?

Cleo retourna à son ordinateur pour voir s'il y avait d'autres informations sur le vide-grenier. En dessous de l'article, quelqu'un venait juste de laisser un commentaire : *Il paraît que tu es partie pour faire un autre film, Cleo. Pas de fleurs mortes cette fois-ci, j'espère !*

5

Au même moment, dans les montagnes ukrainiennes, Cliff et Yaka Paradise regagnaient leur camping au bord de la mer Noire. La région, qui regorgeait de châteaux en ruine, était digne des touristes les plus infatigables. Ils avaient consacré leur journée à un cours de danse, pour lequel ils avaient bien évidemment revêtu le costume traditionnel des danseurs folkloriques. Bien bâti, les cheveux gris, Cliff ne manquait pas de charme. Sa femme était menue avec des traits fins et les cheveux presque blancs.

« Je n'aurais jamais cru dire une chose pareille un jour, mais je suis épuisé, déclara Cliff.

— Il faut dire que ce cours de danse n'a pas été de tout repos ! répondit Yaka. Elle t'a fait faire de sacrées pirouettes, la prof ! Je crois que tu lui as tapé dans l'œil.

— Arrête, tu me fais rougir, chérie !

— Rougir, toi ? Ce serait bien la première fois !

— Pas faux ! En tout cas, on va en épater plus d'un, avec toutes ces danses traditionnelles, à la fête qu'on donnera pour nos soixante-dix ans !

— Qui va-t-on inviter ? Vu le peu de cartes postales que nous recevons, je crains que nous n'ayons plus beaucoup d'amis.

— C'est parce que personne ne sait où nous écrire, dit Cliff avec un geste désinvolte. Mais si on organise une soirée, tout le monde viendra, j'en suis certain. On pourrait faire ça à New York, pendant les vacances. »

Yaka prit la main de son mari tandis qu'ils gravissaient péniblement la montagne. « On devrait aussi prévoir de passer plus de temps en Californie. Cleo me manque beaucoup.

— Je te rappelle qu'on lui a proposé de faire ce voyage avec nous. C'est elle qui a dit non.

— Tu sais bien qu'elle avait besoin de se détendre, la pauvre. Elle a eu des hauts et des bas, cette année. Ç'a été mouvementé. J'espère qu'elle trouvera un rôle dans lequel s'investir à fond, une fois qu'elle se sera débarrassée de son agent. Quelle calamité, celui-là ! Et j'aimerais tellement qu'elle accepte de nous accompagner au Tibet pour faire une retraite spirituelle. On passerait un moment super.

— C'est une jeune femme indépendante et déterminée. Elle va trouver sa place dans le monde, chérie. Mais tu as raison, elle me manque aussi... Une idée étrange me vient à l'esprit, ajouta Cliff brusquement en se tournant vers la femme qui l'accompagnait depuis quarante-neuf ans.

— Quoi ?

— On devrait aller dans le New Jersey.

— Qu'est-ce que tu racontes ?

— Eh bien, nous n'y sommes jamais allés.

— C'est vrai.

— On a parcouru le monde entier mais on n'a jamais mis les pieds là-bas. Cleo y est toujours, non ?

— Oui. La dame à qui elle loue la maison lui a dit qu'elle pouvait prolonger son séjour si elle le souhaitait. Je crois que c'est ce qu'elle voulait faire, de toute façon. Elle attendait que Daisy finisse son tournage dans les Everglades.

— Voilà un autre endroit qu'on n'a jamais visité.

— Exact. Cleo m'a dit que le littoral du New Jersey était magnifique. Il y a tout un tas de petites villes côtières sur plus de cent cinquante kilomètres.

— Ça m'a l'air parfait ! Rentrons aux États-Unis. On rend visite à notre fille, on organise notre fête d'anniversaire et on se met à chercher un lieu pour notre musée. Le New Jersey serait peut-être pas mal. La malle qu'on a envoyée à l'adresse de Cleo a dû arriver, tu ne crois pas ?

— Si, si. Elle a bien été livrée. On me l'a confirmé par mail la semaine dernière.

— Parfait. Demain, on prévient Cleo qu'on arrive. Il faudra descendre au village pour se connecter à Internet. J'ai hâte de remettre le nez dans cette malle et de montrer tous ces objets fabuleux à notre fille. Et au reste du monde, bien sûr !

— J'ai une chance incroyable de t'avoir dans ma vie ! déclara Yaka, à bout de souffle.

— Je ne te le fais pas dire ! »

Ils éclatèrent de rire et poursuivirent leur ascension.

« Je te parie que Cleo va être tout excitée, dit Yaka.

— Ça ne fait aucun doute. Elle qui ne s'attendait pas à nous voir avant des mois ! »

6

Tu ne t'en sortiras pas comme ça, Cleo Paradise.

Tu peux toujours essayer de fuir. Tu ne pourras pas te cacher éternellement. Tu vas regretter ce que tu as fait. J'en salive d'avance.

Les mauvais scénarios seront bientôt le cadet de tes soucis.

Sans parler des fleurs mortes.

7

La voix du chef de train dans les haut-parleurs sortit Regan de sa rêverie. « Prochain arrêt, Spring Lake. Assurez-vous de ne rien oublier dans le train... »

Regan rangea son ordinateur portable et se dirigea vers la sortie tandis que le train entrait en gare au pas. À sa descente, il faisait encore plus chaud qu'auparavant.

« Regan ! Je suis là ! » appela Nora.

Affublée de lunettes de soleil gigantesques, elle portait un élégant pantalon d'été, un chemisier et des sandales. Debout près de sa Mercedes, elle faisait de grands signes.

Regan la rejoignit en souriant.

« Bonjour, ma chérie. Tu as fait bon voyage ? demanda Nora en embrassant sa fille.

— Excellent. »

Regan s'installa au volant après avoir posé son sac sur le sol à l'arrière tandis que Nora faisait le tour pour s'asseoir côté passager. Depuis que Regan avait son permis, sa mère la laissait toujours conduire. À dire vrai, quand elle était aux commandes, celle-ci appuyait sur l'accélérateur dès que la voiture perdait de la vitesse – à savoir, toutes les trois secondes – au lieu de maintenir le pied sur la pédale, si bien que, d'après Regan et Luke, en voiture avec Nora, on avait le mal de mer !

« J'ai enregistré l'adresse dans le GPS, annonça Nora en attachant sa ceinture de sécurité. On devrait y être en un rien de temps.

— Elle sait qu'on vient, cette femme ?

— Non.

— À quelle heure commence le vide-grenier ?

— À midi. Au fait, je ne te l'ai pas demandé au téléphone mais, que s'est-il passé hier soir avec le petit ami de Hayley ?

— L'ex-petit ami serait plus juste, répondit Regan en sortant du parking.

— Ah bon ? Raconte !

— Il s'est fiancé… commença Regan avant de lui parler du coup du beignet chinois.

— C'est quoi, leur problème, à ces types ? demanda Nora, médusée.

— Je ne sais pas.

— Qu'est-ce qu'il fait dans la vie, l'affreux jojo ?

— Il est dans la finance. Pauvre Hayley. Ça faisait tellement longtemps qu'on ne s'était pas parlé. J'aurais préféré qu'on se retrouve dans d'autres circonstances. Et toi, poursuivit Regan après un moment, ça remonte à quand, la dernière fois que tu as vu cette Edna Frawley ?

— Au lycée.

— Sérieusement ?

— Oui. Jadis, tu sais bien.

— Ça, tu n'es pas près de me le pardonner ! »

Elles prirent la direction de Bay Head. C'était une journée magnifique.

Vingt minutes plus tard, alors que Regan s'engageait dans une rue bordée d'arbres, le GPS annonça qu'elles étaient arrivées à destination.

« Joli quartier, dit-elle.

— C'est comme dans mes souvenirs, répondit Nora. Mais tout n'était pas rose, ici ! Une fois, Edna nous avait proposé de nous emmener au cinéma. Karen faisait la queue pour acheter du pop-corn. Sa mère en a profité pour me demander l'argent pour ma place.

— Tu plaisantes ?

— Pas du tout !

— Ça donne envie de la rencontrer !

— J'ai bien peur qu'elle n'ait pas beaucoup changé. Tu as vu tous ces gens ! s'exclama Nora en voyant la foule qui attendait devant le portail.

— Il n'y a pas de place, dit Regan. Tu veux que je te dépose ? Je vais devoir tourner un peu pour me garer.

— Non. Regarde, Regan ! Il y a quelqu'un qui s'en va, au bout de la rue. Dépêche-toi ! »

Regan dut s'y reprendre à trois fois pour se garer. Ce qui ne manqua pas de faire sourire sa mère.

« Alors, l'as du volant ! On ne sait pas faire les créneaux ? »

Elles se dirigèrent ensuite vers le portail où une jeune femme avec une queue-de-cheval distribuait des tickets. En la voyant, Regan s'arrêta net.

C'était la fiancée de Scott.

8

Hayley passa la matinée à répondre au téléphone dans son bureau avec vue sur l'Hudson. Tout le monde tenait à la féliciter pour la magnifique réception qu'elle avait organisée la veille. Sur les murs en brique se trouvaient des affiches de films encadrées – des films dont elle avait assuré la promotion grâce à d'autres magnifiques réceptions.

« Fabuleuse, cette soirée, ma chère ! Et vous étiez éblouissante. D'une élégance ! »

« Hayley, vous vous êtes surpassée. Ça a marché comme sur des roulettes ! »

« Ces feuilletés aux saucisses étaient tout simplement divins ! Quelle bonne idée d'avoir osé ! »

Ébranlée par la nouvelle des fiançailles de Scott, Hayley faisait de son mieux pour donner le change. Elle n'avait rien dit de l'affreuse découverte de Regan à son assistante – elle avait bien trop honte. Du haut de ses vingt-trois ans, Angie avait un petit ami fantastique qu'elle fréquentait depuis l'université. Une éternité, d'après Hayley, qui espérait les voir mariés très vite.

Elle venait à peine de raccrocher quand Angie frappa à sa porte.

« Hayley ?

— Entrez », répondit-elle en levant le nez.

Plutôt petite, Angie avait les cheveux blonds et un joli visage. Quand elle souriait, elle avait l'air doux comme un agneau mais elle savait se montrer inflexible si nécessaire. Pour refouler les intrus à l'entrée des soirées, entre autres.

« Vous avez un déjeuner aujourd'hui. L'heure tourne, vous savez !

— Merci, Angie. Vous avez raison. Je suis un peu fatiguée et avec tous ces coups de fil...

— Vous avez fait un boulot formidable, hier soir. J'ai reçu des tas de mails de clients potentiels. Il faudra qu'on les voie ensemble à votre retour. Le tout-New York s'arrache vos services. Vous êtes devenue incontournable ! »

Pas pour tout le monde, songea Hayley. Mais elle parvint à sourire.

« La vraie prouesse, c'est de durer. Dans ce milieu, il y a toujours un petit nouveau sorti de nulle part qui essaie de copier votre style, piquer vos contacts...

— Personne ne vous arrive à la cheville, Hayley », déclara Angie, peut-être un rien trop enthousiaste.

Hayley passa dans les toilettes attenantes à son bureau et se regarda dans le miroir. Tu as l'air épuisé, se dit-elle. Maquille-toi davantage, ça ne te fera pas de mal. Elle brossa ses longs cheveux méchés avant de mettre du blush et du rouge à lèvres. C'est le métier qui veut ça, songea-t-elle. Il faut toujours être jovial et dynamique. Personne ne confierait l'organisation de sa soirée à quelqu'un qui fait une tête de six pieds de long.

Elle avait rendez-vous avec une femme metteur en scène dont la pièce se jouerait à Broadway à partir du mois d'octobre. Le bruit courait que le texte n'était pas terrible, mais elle voulait absolument organiser un dîner après le spectacle.

Hayley rangea son maquillage dans sa trousse, ferma son sac à main et rejoignit Angie à l'accueil.

« J'en ai pour deux ou trois heures. Je vous confie le fort.

— Pas de problème. Amusez-vous bien ! »

Dans le couloir, Hayley appela l'ascenseur. L'immeuble – un ancien entrepôt converti en bureaux – était devenu un lieu de travail branché, plein de jeunes gens bouillonnant d'énergie, investis à fond dans leur carrière et prêts à saisir les opportunités que New York pouvait leur offrir. Hayley monta dans l'ascenseur dont la porte se referma au moment où son portable se mit à sonner. Elle jeta un œil sur l'écran. C'était Scott ! Tout à coup, elle retrouva sa combativité – elle était même survoltée !

L'espace d'un instant, elle hésita à répondre – elle n'était pas seule dans l'ascenseur. Mais elle ne put s'en empêcher.

« Bonjour. Je suis dans l'ascenseur…

— Salut, répondit Scott, d'une voix débordante d'affection. Comment ça s'est passé hier soir ?

— Très bien, fit Hayley sèchement. Et toi, ta soirée ?

— J'ai emmené mon fils au cinéma.

— Sympa.

— Oui. Un de ses amis organise une fête samedi

soir. C'est pour ça que je l'ai vu hier. Ce qui signifie que je suis disponible pour sortir avec toi. Tu es partante ? Je te promets un rendez-vous inoubliable. »

Hayley sortit de l'ascenseur, le regard d'un froid polaire.

« Chérie ? Tu es là ?

— Oui. Samedi soir ? Un rendez-vous inoubliable ? Avec plaisir, Scott.

— J'ai hâte. »

Attends un peu ! songea Hayley, un sourire sadique sur le visage. Ça va être la soirée du siècle ; tu peux compter sur mes talents d'organisatrice. Je vais t'en donner, de l'inoubliable !

9

Dans le spacieux vestibule de sa villa, Edna papotait avec Mark Peabody, un jeune journaliste qui travaillait pour un magazine dont elle n'avait jamais entendu parler. Équipé d'une caméra, il filmait l'interview qu'il diffusait en direct sur Internet.

« Comme vous pouvez le voir, déclara Edna en montrant le mur sur lequel elle avait encadré la lettre de la jeune actrice, Cleo m'a autorisée à disposer de ses affaires.

— Fascinant, répondit le jeune homme le plus sérieusement du monde en braquant la caméra sur la lettre. Tout simplement fascinant. Elle dit qu'on lui a proposé un rôle dans un film passionnant. J'espère qu'il sera mieux que *Bouquet macabre*. Vous l'avez vu ?

— Son dernier film ? Oui.

— Ne diriez-vous pas que c'était un très mauvais choix pour sa carrière ?

— Qu'est-ce que j'en sais ? Je ne suis pas son agent. Et puis, ça ne l'empêche pas de faire un autre film, apparemment.

— C'est vrai. Mais son rôle dans *Un amour de concierge* lui allait comme un gant. Son talent et son charisme lui ont valu une nomination aux Oscars. Je le regarde tout le temps, ce film. Elle était hilarante en concierge foldingue ! »

Quand je pense qu'elle a refusé mon invitation à déjeuner, songea Edna. Je ne demande pourtant pas mieux que de rire un bon coup. « On dirait que vous en pincez pour elle.

— Euh... Quel homme ne craquerait pas ? » Mal à l'aise, le jeune journaliste s'éclaircit la voix. « Pouvez-vous nous montrer les affaires de Cleo ? Je suis sûr qu'il y a un tas de gens, aux quatre coins du monde, qui seraient curieux de voir ça.

— Aux quatre coins du monde ?

— Bien sûr ! Internet n'a pas de frontières !

— Ça ne veut pas dire que tout le monde regarde.

— On ne sait jamais, Mrs Frawley.

— J'aurais dû prévoir une équipe technique, murmura Edna. Suivez-moi. »

Elle le précéda dans la salle à manger et désigna la table du doigt.

« Ouah ! s'écria Peabody. Cleo Paradise a des penchants pour la magie noire ! Des tas de gens vont vouloir voir ça, croyez-moi ! »

La table était couverte de crânes.

10

La fille d'Edna était à bout de nerfs. Ce n'est pas plus mal que je me sois levée aux aurores ce matin, pensa Karen en courant dans le hall de l'aéroport international de San Diego où l'embarquement du vol à destination de Newark avait déjà commencé. Une chance que je n'aie pas trouvé le sommeil, sinon je n'aurais toujours pas lu ce mail à l'heure qu'il est. J'aurais dormi jusqu'à huit heures, mis ma tenue de sport et filé à mon cours de Pilates. Ensuite, je serais rentrée à la maison pour me détendre et lire le journal. Peut-être qu'ensuite j'aurais consulté ma messagerie.

Karen s'était extirpée du lit à quatre heures trente. Elle avait entendu dire que lorsqu'on n'arrivait pas à dormir, mieux valait se lever et s'occuper pour penser à autre chose qu'à son insomnie. Elle avait passé des heures à tourner et virer dans son lit avant de finalement suivre ce conseil. Une fois debout, elle était allée à la cuisine où elle avait allumé son ordinateur et trouvé le mail de son amie d'enfance qui était tombée sur la petite annonce du vide-grenier.

« Ta mère a vendu la maison ! » avait-elle écrit.

Donna Crumby, qui avait une boulangerie près de l'endroit où elles avaient grandi, était une vraie commère. « Tu m'en vois navrée ! On s'amusait tellement au bord de la piscine. Tu te souviens de nos courses à trois jambes ? »

Karen en fut sidérée. « Pas étonnant que je n'aie pas fermé l'œil de la nuit ! avait-elle grommelé en jetant brutalement sa souris sur le comptoir. Je sentais qu'il se tramait quelque chose. Ma parole, quand il s'agit de ma mère, j'ai des dons de télépathe ! »

Enseignante dans le secondaire, Karen avait assuré la session des cours d'été jusqu'à la semaine précédente. Depuis, elle savourait son temps libre. Eh bien, c'était terminé.

Après avoir parlé à sa mère, Karen avait appelé les compagnies aériennes puis Nora Regan Reilly avant de retourner dans sa chambre où elle avait fait tomber sa valise en la sortant du placard. Ce qui n'avait pas manqué de réveiller Hank.

« Ma mère a vendu la maison sans même m'en parler ! s'était-elle écriée. Elle me casse les oreilles avec mille choses insignifiantes – ce qu'elle a mangé, ce qu'elle a bu, que sais-je ? Elle me raconte sa vie dans les moindres détails. Mais pas un mot sur la vente de la maison ! Ça méritait pourtant qu'on en parle, non ? »

Hank se contenta de se retourner. Il pratiquait Edna depuis vingt-cinq ans : venant d'elle, rien ne pouvait plus le surprendre.

« On n'avait pas émis l'idée d'y aller à la fin du mois ? demanda-t-il, la voix endormie.

— On aurait dû lui dire qu'on venait, sûr. Elle n'aurait pas vendu si vite.

— Tu la sous-estimes », avait répondu Hank.

Ça ne fait aucun doute, songea Karen en tendant sa carte d'embarquement à l'agent d'escale. Ma chère mère creusera ma tombe.

« Vous devez enregistrer votre bagage à main, déclara l'agent.

— Dans ce cas, ce n'est plus un bagage à main, répondit Karen, le plus poliment possible.

— Le vol est complet. Tous les bagages vont en soute.

— Désolée, mais j'ai des papiers importants dans mon sac. Je ne prends pas le risque de les perdre. »

Au terme de dix minutes de pourparlers tendus qui faillirent bien se solder par une arrestation, Karen put tasser son sac dans un compartiment à bagages, se glisser à sa place et mettre son sac d'ordinateur à ses pieds avant d'attacher sa ceinture. Son voisin de droite ronflait déjà ; la femme assise à sa gauche portait un parfum entêtant. Karen fixa les yeux droit devant elle.

Les questions se bousculaient dans sa tête. Qui était l'acheteur ? Qui organisait le vide-grenier ? Parfois, sa mère cachait de l'argent ou des bijoux et finissait par oublier où elle les avait mis. Qui sait quels biens de famille allaient peut-être disparaître aujourd'hui ?

À peine l'avion avait-il décollé que Karen sortit son ordinateur portable, pas mécontente d'avoir accès à Internet sur ce vol.

Sans tarder, elle lança une recherche pour voir s'il y avait d'autres informations sur le vide-grenier. À sa grande surprise, elle tomba sur sa mère qui discutait en direct avec un journaliste, au beau milieu de la salle à manger.

À la vue des crânes sur la table, Karen faillit s'étrangler. Elle a perdu la boule ou quoi ? se demanda-t-elle. Ma mère est folle, c'est sûr. Qu'est-ce qu'elle a bien pu exposer, encore ?

La voix d'Edna disait : « Il y a bien d'autres choses à vendre, regardez… » À croire qu'elle lisait dans les pensées de sa fille adorée.

Je vois ça d'ici, songea Karen en se préparant au pire. Mais elle devrait attendre d'être arrivée à bon port.

Sa batterie venait de la lâcher.

11

Dans un vieil immeuble de bureaux au cœur de Hell's Kitchen, Ronnie Flake, soixante-treize ans, futur ex-agent de Cleo, faisait le grand ménage dans ses dossiers, jetant les photographies qui s'étaient amoncelées depuis plus de quarante ans. Il n'avait pas la moindre idée de ce qu'étaient devenus la plupart de ces acteurs qui rêvaient de célébrité, mais il avait gardé leur portrait au cas où ils perceraient ou feraient la une des journaux à scandales. Quelques années plus tôt, il avait gagné un joli paquet de fric en vendant au *New York Post* la photo d'une jeune femme qui avait occupé le devant de la scène grâce à sa liaison avec un homme politique marié. Le portrait de Cleo Paradise trônait encore sur son bureau. Pourtant, ces derniers temps, elle ne lui avait donné aucune nouvelle.

Ronnie passa les mains dans ses cheveux grisonnants mi-longs. Je lui ai dit de faire ce thriller psychologique pour qu'elle bosse, pensa-t-il. Après tout, un rôle, c'est un rôle. Je ne pouvais pas deviner qu'elle serait nominée pour ce petit film complètement idiot. *Un amour de concierge*. À d'autres. Déjà qu'un concierge sympa, ce n'est pas facile à trouver, alors un amour de concierge... Un petit film qui sort d'on ne sait où et qui fait un tabac ! Je n'aurais jamais dû dire à Cleo que le scénario était débile. Encore moins que j'allais prendre ma retraite. Une semaine avant que ce film neuneu batte tous les records au box-office. Pourquoi j'ai fait ça, bon Dieu ? Le contrat qui nous lie expire la semaine prochaine. Elle va sûrement signer avec un agent en vue dès le lendemain. C'est vraiment trop injuste.

Ronnie alluma le vieux ventilateur qui se trouvait dans un coin de son bureau poussiéreux. Je gagnais plutôt bien ma vie, pensa-t-il en jetant les photos les unes après les autres dans un sac-poubelle. Je leur trouvais du boulot. Ils étaient contents, mes acteurs, grâce à moi. Et quand finalement je tombe sur quelqu'un comme Cleo Paradise – qui a tous les atouts pour devenir une star –, je me plante. Mais bon, ce n'est pas la gratitude qui l'a étouffée ! Elle n'a même pas cherché à me voir alors qu'elle était à deux pas de New York. Elle aurait au moins pu m'inviter dans le New Jersey. On aurait mangé un hot dog ensemble et piqué une tête dans l'eau.

Écœuré, Ronnie jeta le sac-poubelle à travers la pièce avant de s'asseoir à son bureau. Il s'apprêtait à se servir son premier verre de la journée quand le téléphone sonna.

« Agence Flake.

— Papa ?

— Qui d'autre ? demanda-t-il à son fils Horace.

— Pas la peine de s'énerver. »

Âgé de quarante-neuf ans, Horace s'était essayé à divers métiers avant de devenir chauffeur de taxi.

« Je ne m'énerve pas. Je suis de mauvais poil, c'est tout.

— Eh ben… ce que j'ai à te dire ne va rien arranger.

— Ça ne peut pas attendre ?

— Pas vraiment.

— Dans ce cas, je t'écoute.

— Tu sais que ça me chagrine beaucoup que Cleo Paradise ne te soit pas plus reconnaissante.

— Je sais, fiston.

— Tu es mon père, et ça me fait beaucoup de peine de voir que tu t'en rends malade. Vraiment.

— Merci, répondit Ronnie en se baissant pour attraper une bouteille de vodka dans le réfrigérateur.

— Figure-toi que je vérifie quotidiennement sur le Net s'il y a du neuf la concernant.

— Tu n'es pas le seul.

— Tu as regardé aujourd'hui ?

— Non. Je n'ai pas eu le temps. J'avais trop de choses à faire.

— Eh bien, elle a quitté la maison qu'elle louait dans le New Jersey.

— Ah. Et alors ?

— Et alors, elle a laissé une lettre comme quoi elle partait pour tourner dans un film à gros budget.

— Qu'est-ce que tu dis ? s'écria Ronnie en se levant d'un bond. Elle est toujours sous contrat avec moi.

— C'est pour ça que j'ai préféré te prévenir tout de suite. Je n'ai rien trouvé à propos d'un film avec Cleo, mais j'ai lu que la femme qui lui louait sa maison organisait un vide-grenier aujourd'hui. Elle vend les affaires que Cleo a laissées là-bas.

— Elle a laissé des affaires là-bas ? Pour quelqu'un

qui n'aime pas les dépenses inutiles ! Avec elle, il fallait justifier la moindre sortie d'argent.

— Étrange, oui.

— Et cette femme, elle sait où Cleo est allée pour tourner ce film *à gros budget* ?

— Aucune idée. Une petite discussion avec la dame, ça te tente ?

— Un peu, oui.

— Tu as un moment de libre ?

— Oui.

— Je m'en doutais. Descends. Je suis en bas de l'immeuble. »

Ronnie avala une gorgée de vodka et quitta son bureau au pas de course.

12

Postées dans le jardin devant la maison d'Edna, quatre jolies jeunes filles vêtues de tabliers s'apprêtaient à recueillir l'argent des acheteurs du vide-grenier. Deux hommes chargés de la sécurité se tenaient près du portail. À côté, la petite amie de Scott – une ravissante blonde aux formes généreuses – distribuait des tickets. Elle ne portait pas de bague de fiançailles.

Nora s'avança vers elle. « Bonjour, je suis une amie de Karen Frawley, la fille d'Edna. Elle m'a demandé de passer pour parler à sa mère. Est-elle dans les parages ?

— Oui. Votre nom, s'il vous plaît ?

— Nora Regan Reilly.

— L'écrivain ?

— Oui.

— Oh, j'adore vos livres. Ma sœur et moi, on les a tous lus.

— Merci. »

Tu m'en diras tant, songea Regan.

« Je m'appelle Jillian.

— Ravie de faire votre connaissance. Je vous présente ma fille, Regan. »

Jillian leur serra la main avant d'interpeller une des adolescentes.

« Dawn, accompagnez ces dames auprès de Mrs Frawley, voulez-vous ? Elle est à l'intérieur. Voici Nora Regan Reilly... »

Jillian ne vient pas avec nous, songea Regan. Dommage, je lui aurais bien posé quelques questions, au passage.

« Veuillez me suivre, mesdames ! » dit la jeune fille gaiement en montant les marches du perron. « Mrs Frawley ! Où êtes-vous ?

— Pas si fort, mon chou, répondit Edna. Je suis en pleine interview. On passe en direct sur Internet.

— Désolée ! » Puis se tournant vers Regan et Nora, elle chuchota : « Ce ne sera pas long.

— Vous participez souvent à des vide-greniers ? demanda Regan.

— C'est la première fois. Je suis tout excitée !

— La première fois ? C'est Jillian, la responsable ?

— Oui. Jillian et son associée, Jody. Je crois qu'elle est dans le jardin de derrière. Elles organisent des ventes de ce genre dans tout le New Jersey.

— Super ! Comment avez-vous trouvé ce boulot ?

— Par ma copine Yvonne. Elle m'a appelée hier soir. Elle m'a demandé de la remplacer parce qu'elle était malade.

— J'essaie de convaincre une de mes amies de faire un peu de tri chez elle. Je devrais peut-être en parler à Jillian.

— Il faudra voir ça avec Jody. Jillian vient juste de partir.

— Ah bon ? » fit Regan en regardant par la fenêtre derrière elle. Une autre jeune fille distribuait à présent les tickets. Jillian avait disparu. « La vente n'a même pas commencé ! Elle va revenir ?

— Je ne crois pas. Elles ont un autre client cet après-midi. Mrs Frawley les a contactées à la dernière minute et a beaucoup insisté pour que sa vente ait lieu aujourd'hui. Du coup, Jody reste ici, et Jillian s'occupe de l'autre. »

Bon, songea Regan. Je vais aller saluer Jody.

13

Pendant plus de vingt ans, Frankie Frawley avait adoré vivre en mer. Chaque soir, il s'installait à son piano et poussait la chansonnette. Un client souhaitait entendre tel ou tel air ? Pas de problème, Frankie s'exécutait. S'il ne connaissait pas les paroles, il improvisait. Bel homme et d'un abord avenant, le pianiste était apprécié de tous et recevait de généreux pourboires. Pendant la pause, il passait de table en table histoire de flatter son public avant de se retirer au bar réservé au personnel où il buvait deux ou trois sodas.

Évidemment, il aurait préféré avoir la carrière d'un Billy Joel, mais ça aurait été trop beau. Payé pour parcourir le monde et chanter, Frankie s'estimait heureux.

Il fut un temps où sa vie avait tout d'une chanson de Billy Joel. À dix-neuf ans, il avait épousé sa dulcinée – rencontrée au lycée – et chantait dans un groupe local qui avait du succès. Mais passé les premières années, Lorna s'était lassée de cette vie frivole, faite de voyages et de soirées interminables. Aspirant à une existence plus conventionnelle, elle avait demandé le divorce. Frankie s'était juré de ne jamais se remarier. Le groupe n'avait pas survécu au départ de deux musiciens, l'un pour un travail de bureau, l'autre pour l'université. Déterminé à ne jamais laisser tomber la musique, Frankie avait chanté dans des bars à Atlantic City pendant un temps, mais avait fini par avoir la bougeotte. Un ami comédien lui avait alors parlé d'une nouvelle compagnie de croisières qui auditionnait des chanteurs à New York. Il avait interprété deux chansons et on l'avait recruté sur-le-champ. Depuis, il écumait les mers. Voilà dix ans qu'il travaillait sur le navire de ses rêves pour l'une des compagnies les plus prestigieuses. Heureusement, ni l'équipage ni les clients n'étaient trop guindés. La mer était sa seule maîtresse ; il n'en demandait pas plus.

Mais, l'année passée, la situation avait commencé à changer. Le nouveau directeur de croisière semblait avoir une conception bien à lui des choses, au point que Frankie sentait que ses jours à bord du navire étaient comptés. Il envisageait de chercher un emploi sur un autre bateau lorsque Rhonda Schmidt avait fait son apparition dans le bar avec trois de ses amies d'université. Elles avaient réservé une croisière pour fêter leurs quarante-cinq ans et passer un peu de temps ensemble – ce qu'elles n'avaient pas fait depuis l'époque où elles vivaient dans la même résidence universitaire.

Rhonda avait demandé à Frankie de jouer une chanson de Bruce Springsteen. « Je suis originaire du New Jersey, lui avait-elle dit en levant son verre.

— Moi aussi », avait-il répondu avec un clin d'œil.

Quelque chose en elle lui avait tout de suite plu. À son grand soulagement, elle ne portait pas d'alliance.

Au fil des années, Frankie avait eu beaucoup d'aventures, mais cette fois, c'était différent. Il avait le sentiment d'avoir rencontré l'âme sœur. Elle était drôle, intelligente ; comme lui, elle avait grandi dans une ville côtière du New Jersey, le genre d'endroit où l'on pouvait profiter des plaisirs simples et authentiques de la vie – se promener sur la plage, jouer au golf miniature, admirer le lever du soleil avec ses amis, échanger son premier baiser…

Propriétaire d'un restaurant florissant à Asbury Park, Rhonda était divorcée et mère de deux garçons qui faisaient leurs études. Tout à coup, l'idée de vivre sur la terre ferme n'avait plus effrayé Frankie.

Un mois après leur rencontre, Rhonda avait fait une autre croisière pour être avec lui. Ensuite, Frankie avait pris une semaine de congé pendant laquelle ils s'étaient rejoints à Londres. Il n'avait parlé de son histoire d'amour ni à sa mère ni à sa sœur. Inutile de donner à Edna l'envie d'aller jeter un œil au restaurant de Rhonda. Deux semaines plus tôt, Frankie avait profité d'une escale de douze heures à New York pour déjeuner avec son amie dans son restaurant et faire la connaissance de ses enfants. Ils s'étaient montrés polis mais réservés. Ils se décoinceront, s'était dit Frankie. Ça ne doit pas être simple de rencontrer le petit ami de sa mère. Leurs parents n'étaient divorcés que depuis un an. Conscient que sa mère saurait que son navire mouillerait à New York – soit grâce à son sixième sens, soit grâce aux informations –, Frankie lui avait dit qu'il devait rester à bord pour des raisons de sécurité. Il n'était pas fier de son mensonge, mais il était amoureux.

De retour en mer, Frankie avait compris qu'il ne pouvait plus vivre sans Rhonda. La veille, il l'avait demandée en mariage au téléphone. Émue aux larmes, elle avait dit oui. Aujourd'hui, son supérieur venait d'accepter sa démission sans problème, ajoutant qu'avec un peu de chance, son neveu, un chanteur fabuleux, pourrait le remplacer.

Frankie savait que sa mère serait ravie. L'année précédente, elle avait failli le rendre dingue, au cours des deux semaines qu'elle avait passées sur le bateau. Tout le monde l'appréciait ; ses histoires faisaient presque toujours mouche, mais elle ne s'arrêtait jamais. Le jour de son départ, Frankie était épuisé. Heureusement, ils avaient eu du temps pour discuter. Edna avait essayé de le convaincre de rentrer dans le New Jersey et d'acheter sa maison. « Je te la vends pour une bouchée de pain, avait-elle dit. Tu ne trouveras jamais une villa comme la nôtre aussi bon marché. Il y a trop d'escaliers dans cette maison. Et puis, j'ai envie de m'installer dans une copropriété avec du monde autour. Tu sais bien que j'adore papoter.

— Non, maman. J'ai la mer dans la peau. Si tu en demandes un prix raisonnable, tu trouveras un acheteur sans problème. »

Mais la vie change sans crier gare, n'est-ce pas ? À présent, c'était le bon moment pour acheter la maison de sa mère. Rhonda, qui vivait dans un petit appartement depuis son divorce, avait trouvé l'idée géniale quand il lui en avait parlé au téléphone. La villa serait idéale pour eux ; les garçons ne manqueraient pas de place et la piscine ferait leur bonheur. Frankie chanterait dans son restaurant. Les choses s'agençaient à la perfection pour ce nouveau départ.

Maman n'en reviendra pas, songea Frankie. Elle va

être aux anges de me vendre la maison, de me voir marié et de retour chez nous…

Dans sa cabine, Frankie se regarda dans le miroir. Il tenait beaucoup de son père avec ses cheveux bruns, ses yeux noirs et son teint olivâtre. Il ajusta son nœud papillon en souriant. C'était bientôt l'heure d'entrer en piste pour divertir les passagers de première classe qui sirotaient des cocktails avant le dîner. Le lendemain, le bateau ferait escale à Casablanca.

Ah, Casablanca ! songea-t-il en s'asseyant sur son lit tout en prenant le combiné. L'endroit rêvé pour les amoureux. Si seulement Rhonda était là avec moi. Quelques instants plus tard, le téléphone se mit à sonner dans la maison qu'il partagerait bientôt avec sa fiancée. Il n'aurait jamais imaginé vouloir y revivre un jour, mais à présent, il avait l'impression d'entendre comme un appel. Reviens, Frankie. Une nouvelle vie t'attend ici. Il est temps de rentrer à la maison…

Au bout de quatre sonneries, Edna répondit, tout essoufflée. « Allô ?

— Bonjour, maman. C'est Frankie ! dit-il d'un ton enjoué.

— En voilà une surprise ! Mais je n'ai pas le temps de parler, là. »

Frankie fronça les sourcils. Il ne s'attendait certainement pas à ça. « Pas d'ennuis, au moins ?

— Non, mais j'ai du nouveau à t'annoncer. Je viens de vendre la maison et aujourd'hui, j'organise un vide-grenier. On s'apprête à ouvrir le portail ; il y a un monde fou.

— Quoi ? Tu… tu as vendu la maison ? Je voulais l'acheter. Maman, je rentre à la maison. Je me marie. Je serai là dès la semaine prochaine. Pour de bon.

— C'est quoi, l'expression, déjà ? Toujours un train de retard, non ? Rappelle-moi plus tard, tu veux bien ? Au fait, moi aussi, j'ai trouvé l'amour. C'est chouette, de rencontrer quelqu'un avec qui on a envie de passer le reste de ses jours. Je t'ai toujours dit qu'il ne fallait pas te laisser abattre par cette expérience malheureuse avec ton ex-femme. Ce n'était pas la bonne. Je l'ai su à la minute où elle a tordu le nez quand tu lui as donné le petit bouquet que j'avais choisi pour votre bal de promo. Ce n'est pas faute de t'avoir prévenu. Mais bon, comme d'habitude, tu n'as pas voulu m'écouter. Je dois y aller, Frankie. »

Le cœur battant à tout rompre, Frankie essaya de joindre sa sœur sur son portable. Pas de réponse. Il appela ensuite chez elle à San Diego et tomba sur Hank.

« Je viens d'apprendre que maman vend la maison, dit-il, la bouche sèche. Karen est là ?

— Non, elle a pris le premier vol pour le New Jersey quand elle a appris la nouvelle ce matin. Elle n'est pas franchement ravie, elle non plus. Tu connais Edna, ajouta-t-il pour dédramatiser. Elle a toujours été impulsive. Ça va peut-être s'arranger. Estime-toi heureux d'être à des milliers de kilomètres. Au moins, ce n'est pas ton problème. »

Mais si, c'est mon problème, pensa Frankie. Je viens de donner ma démission, je n'ai nulle part où aller. Envolée, la jolie villa à deux pas de la plage avec piscine et grand jardin.

Ce n'est pas comme ça que je vais impressionner mes futurs beaux-fils.

14

Depuis le vestibule où elles patientaient, Regan et Nora entendaient la voix d'Edna résonner dans toute la maison. « J'ai trouvé tous ces objets dans une malle dans le garage. Plutôt insolites, n'est-ce pas ? Je vous l'accorde, c'est curieux que Cleo ne les ait pas emportés. Encore que le plus étrange, c'est de trouver ce genre de trucs, complètement bizarroïdes, entre les mains d'une fille comme elle, si mignonne, si douce. Vous n'êtes pas de cet avis ?

— Si, tout à fait ! Ils nous éclairent sur sa personnalité de manière totalement inattendue. Qui aurait cru que Cleo Paradise possédait ce genre de choses ? »

J'ai hâte de voir de quoi ils parlent, se dit Regan tout en s'approchant d'une lettre encadrée sur le mur.

« C'est une lettre de Cleo, chuchota Dawn, le regard pétillant. J'adore cette fille. J'ai réservé son tee-shirt *Un amour de concierge*. Mrs Frawley a dit qu'il était à moi, à moins qu'on lui en propose une vraie fortune, bien sûr. Je croise les doigts.

— Cleo a été nominée aux Oscars pour ce film. Je m'étonne qu'elle n'ait pas gardé le tee-shirt.

— Mrs Frawley l'a trouvé sous son lit. »

Regan esquissa un sourire avant de se concentrer sur la lettre. Nora, qui avait observé la foule de plus en plus nombreuse devant la maison, ne tarda pas à la rejoindre.

Elles lurent en silence le mot griffonné à la hâte.

Chère Mrs Frawley,

J'ai été ravie de mon séjour dans votre magnifique maison. Je m'en vais plus tôt que prévu car on vient de me proposer un rôle dans un super-film.

Toutes mes excuses pour le vase et les deux verres à vin que j'ai cassés. J'ai abîmé votre fer à repasser. Je voulais vous en acheter un neuf avant de partir mais je n'en ai plus le temps. J'oubliais ! J'ai aussi fait tomber votre théière en porcelaine. Je vous laisse le dépôt de garantie. J'espère qu'il couvrira les frais occasionnés pour remplacer ce que j'ai endommagé. Au cas où j'aurais oublié quelque chose, n'hésitez pas à vous en débarrasser ou faites-en ce que vous voulez. Je ne veux pas vous déranger davantage.

Bien à vous,

Cleo Paradise

Regan et sa mère se regardèrent d'un air entendu, toutes deux curieuses de comprendre pourquoi Cleo était si pressée de s'en aller. Si la lettre autorisait Edna à vendre les affaires de Cleo, il semblait évident que cette dernière ne pensait pas avoir oublié grand-chose – voire rien du tout. Et le mot avait visiblement été écrit dans la précipitation sur une feuille arrachée d'un calepin. La moitié inférieure de la page était jaunie, comme si on avait renversé quelque chose dessus.

Edna interrompit sa conversation avec le journaliste en entendant la puissante sonnerie du téléphone. « Je ferais mieux de répondre, s'écria-t-elle. Ça pourrait bien être mon avocat. La barbe, de devoir arrêter l'interview ! Pouvez-vous couper la caméra, mon garçon ?

— Ne vous en faites pas. Je vais bien trouver quelques commentaires à faire sur les crânes et le reste pendant que vous êtes en ligne. Si c'est Cleo Paradise, dites-le-moi. Ce serait génial que je puisse lui poser une ou deux questions. »

Edna s'arrêta net. Si c'est Cleo, songea-t-elle, mieux vaut ne pas répondre. Elle pourrait me réclamer ses affaires ! D'un autre côté, si je ne prends pas cet appel, ça paraîtra louche. « Vous pouvez compter sur moi ! » promit-elle en courant vers la cuisine.

Dawn s'adressa aux Reilly à voix basse : « Je lui dis que vous êtes là dès qu'elle raccroche. Je reviens. » Puis elle se dirigea vers l'arrière de la maison.

Regan et Nora échangèrent un regard. « Des crânes ? » firent-elles en même temps.

Quelques secondes plus tard, la voix d'Edna parvint à leurs oreilles : « Nora Regan Reilly ? Ici ? Mais enfin, mon chou, il fallait le dire tout de suite ! Nora ! »

En l'entendant approcher d'un pas décidé, Nora et Regan s'avancèrent vers le seuil de la salle à manger. Au même moment, Edna apparut de l'autre côté de la pièce, affublée d'une combinaison baba cool tout droit sortie des années soixante. Cette vision renvoya Nora des décennies en arrière, au jour où Mrs Frawley était venue les chercher – elle-même et sa fille Karen – à une soirée pour ados sur la plage avec deux heures d'avance et s'était mise à danser sur la piste dans cette même tenue. Un souvenir pour le moins effrayant.

« Nora ! Ça fait une éternité ! J'ai toute une pile de vos romans à vendre sur la pelouse.

— Super ! fit Nora en souriant.

— Si vous les signez, j'en tirerai plus d'argent, poursuivit Edna en l'étreignant sans la moindre retenue.

— Super ! »

Edna regarda Nora dans les yeux et lui serra les avant-bras si fort qu'elle en tressaillit. « Karen m'a dit que vous vous étiez retrouvées.

— C'est vrai ! Elle m'a parlé du vide-grenier au téléphone ce matin, répondit Nora avec tact. Edna, je vous présente ma fille, Regan.

— Bonjour, Regan ! s'exclama Edna en lui serrant la main vigoureusement. Vous êtes détective privé, d'après ce que m'a dit Karen.

— Exact, répondit Regan en découvrant que le journaliste la filmait en gros plan. Ravie de vous rencontrer. »

De nombreux internautes suivaient l'interview, dont Scott qui, installé dans son bureau, jetait des regards inquiets autour de lui. J'ai déjà vu cette femme quelque part, se dit-il. J'en suis certain. Ça me revient ! Elle était au restaurant hier soir. Je l'ai vue très clairement, de là où j'étais. Complètement chamboulé, il appela aussitôt Jillian, qui répondit au bout de trois sonneries.

« Où es-tu ? demanda-t-il.

— Dans ma voiture.

— Tu as vu cet écrivain, Nora Regan Reilly, et sa fille quand elles sont arrivées chez Mrs Frawley ?

— Oui.

— Elle t'a reconnue ?

— Qu'est-ce que tu veux dire ?
— La fille – elle était au restaurant hier soir.
— Ah bon ? Je ne l'ai pas vue.
— Tu lui tournais le dos. Mais elle, elle nous a vus. Elle s'appelle Regan Reilly. Elle est détective privé. Ne retourne pas là-bas. Il ne manquerait plus qu'elle commence à poser des questions. »

15

Je commence à étouffer dans ce chalet, pensa Cleo. Je devrais peut-être aller faire un tour. Elle prit une longue douche dans la salle de bains confortable malgré son décor rustique. Enveloppée dans une serviette, elle brossa ses cheveux, se passa de la crème puis rejoignit la mezzanine qui servait de chambre.

Pourvu que Daisy arrive vite, pensa-t-elle en farfouillant dans la commode. Je n'ai plus de vêtements propres. Dire qu'en ce moment même, des inconnus s'arrachent ceux que j'ai laissés chez Mrs Frawley. J'aurais dû m'assurer de ne rien oublier quand j'ai plié bagage, mais j'avais tellement la trouille. Je ne pouvais pas rester une minute de plus. J'aurais probablement mieux fait d'appeler la police. Mais je n'en peux plus de toute cette mauvaise publicité. Qui a bien pu me laisser un mot comme ça ? Un fêlé, c'est sûr.

Faites que les gens oublient ce navet, pensa-t-elle en regardant son short de course. Moi-même, je ne dois plus y penser. Si on continue à me voir comme la victime d'un désaxé, on ne me redonnera jamais de rôle intéressant. Déjà que je ne reçois que des scénarios minables depuis quelque temps. Surtout, je ne dois rien accepter avant la fin de mon contrat avec Flake.

Anxieuse et affreusement seule, Cleo décida d'aller courir. Elle enfila sa tenue et ses chaussures de course avant de redescendre au salon. Elle songea un instant à se connecter pour voir s'il y avait du nouveau sur le vide-grenier d'Edna mais se ravisa. Elle ne voulait plus en entendre parler.

Elle fit des étirements pendant un moment. J'ai les jambes raides, se dit-elle. Voilà ce que c'est, de ne pas faire de sport pendant plusieurs jours. Je sens vraiment la différence. Faire des longueurs dans la piscine d'Edna, c'était un bon entraînement, pensa-t-elle en mettant sa casquette de base-ball. Elle prit ses énormes lunettes de soleil et sortit. Quelle chaleur, se dit-elle en chassant un moucheron qui bourdonnait près de son oreille. Elle emprunta un raidillon à travers bois au petit trot. Bien qu'essoufflée, elle se força à continuer. Elle courut pendant trente minutes en suivant le chemin qui montait et redescendait la colline. À certains moments, elle apercevait le lac au loin entre les arbres. Elle ralentit en voyant un couple suivi de leur petite fille de quatre ou cinq ans arriver en sens inverse. La fillette, qui avait un bouquet de fleurs sauvages dans les mains, lui sourit.

« Regarde ! C'est moi qui les ai cueillies.

— Très jolies ! » répondit Cleo sans s'arrêter.

Au moins, elles ne sont pas mortes, songea-t-elle, le visage dégoulinant de sueur. Me voilà presque arrivée. Je rêve d'un verre d'eau fraîche. Je pourrais peut-être descendre jusqu'au lac et trouver un endroit tranquille pour me baigner. Quand je pense que j'ai pris une douche avant d'aller courir !

Elle fit le tour de sa cabane et s'arrêta, hors d'haleine.

Dirk Tapper, grand et large d'épaules, se tenait devant sa porte. « Bonjour, ma p'tite dame ! dit-il, en souriant jusqu'aux oreilles. Je m'apprêtais à redescendre. Je vois que vous profitez enfin du site. Il était temps. »

Cleo essayait de reprendre son souffle. Elle voulait entrer mais Tapper lui barrait le chemin. « Oui. Les sentiers sont magnifiques.

— Le lac vous a plu ?

— Ça a l'air chouette. Pour le peu que j'en ai vu depuis les bois.

— Vous n'êtes pas allée nager ?

— Non, fit Cleo, perplexe.

— Ne me regardez pas comme ça ! J'ai vu votre maillot de bain alors je me suis dit… »

Il est mignon, ce gars, se dit-elle. Très mignon, même. Mais je ne sais pas quoi en penser. « Je ne suis pas en maillot de bain. »

Tapper se mit à rire. Il portait des bottes et des jeans malgré la chaleur écrasante. « Vous êtes drôle, finit-il par dire. Je ne suis pas aussi bête que j'en ai l'air, vous savez !

— Non. Euh, ce que je veux dire, c'est…

— Ah, vous trouvez que j'ai l'air bête, alors ?

— Je n'ai pas dit ça », répondit Cleo, un rien troublée.

Il avait l'air tout droit sorti d'un vieux western, ce type. On aurait dit John Wayne, en plus jeune.

« Je vous taquine, ma jolie ! Vous ne devriez pas passer tout votre temps à travailler sur votre livre. Vous devez vous sentir un peu seule, enfermée dans votre cabane, non ?

— Je n'en ai plus pour longtemps.

— Vous me feriez lire ce que vous avez écrit ?

— Je vous enverrai un exemplaire à la sortie du livre. »

Il la regarda droit dans les yeux, tout sourires, et se mit à mâchonner un cure-dents. « Avec moi, vos secrets seront bien gardés. »

Cleo était de plus en plus déconcertée : il me fait marcher, ou quoi ? Il sait peut-être qui je suis. Si c'est le cas, il est bien meilleur comédien que moi. En tout cas, il sait que je cache quelque chose. « Je ferais mieux de me remettre au travail, dit-elle.

— Une petite baignade, ça ne vous tente pas ? Histoire de se rafraîchir ! Il n'y a pas plus propre que ce lac. Je vais faire quelques brasses. Venez avec moi ! Je vous promets que je vous ramène ici en moins de temps qu'il ne faut pour le dire. Allez !

— Ça me plairait bien mais...

— J'insiste », interrompit Dirk en se dirigeant de l'autre côté du chalet.

« Qu'est-ce que vous faites ? » demanda Cleo tout bas en le suivant.

Tout à coup, elle se sentit défaillir. Sur la corde à linge se trouvait son maillot de bain. Elle était pourtant certaine de l'avoir oublié dans la cabine de la piscine, chez Edna. Comment était-il arrivé jusque ici ? Comment ?

16

Dans les toilettes minables d'une station-service, Daisy Harris enfilait la tenue qu'elle devait porter pour sa prochaine scène. Quand ils disaient qu'ils avaient un tout petit budget, ce n'était pas une plaisanterie, pensa-t-elle. Mais ni la fatigue ni les coups de soleil ne pouvaient entamer sa joie de travailler. Elle jouait le rôle d'une serveuse dans un petit restaurant au bord d'une route au milieu de nulle part. Un jour, elle voit débarquer un type d'une beauté renversante mais un peu paumé. Ils craquent littéralement l'un pour l'autre. Mais comme les histoires d'amour ne sont jamais lisses – surtout au cinéma –, son ex-petite amie s'introduit chez Daisy en pleine nuit et essaie de la tuer.

Daisy n'était pas mécontente d'en avoir terminé avec cette scène. En effet, le personnage de l'ex-petite amie était interprété par April Dockton, l'actrice qui avait failli décrocher le premier rôle dans *Un amour de concierge*. Le match entre les deux jeunes femmes avait été serré jusqu'au bout, mais le réalisateur avait finalement choisi Cleo. Le succès du film avait propulsé Cleo au rang de star. Si elle avait son lot de problèmes à cause du film avec le désaxé, elle n'en était pas moins une vedette.

April, au contraire, tirait toujours le diable par la queue et, à moins d'incarner un jour un personnage aussi marquant que Scarlett O'Hara, elle ne s'en remettrait jamais. Son mépris pour Cleo était à peine voilé, sans parler de son ressentiment à l'égard de Daisy, qui n'avait d'autre tort que d'être l'amie de sa rivale. En conséquence, les conversations entre les prises n'étaient guère sympathiques et April n'avait pas eu besoin de jouer la comédie pour être crédible quand on lui avait demandé d'étrangler Daisy en hurlant comme une folle.

Dieu merci, se disait Daisy, soulagée, April était partie.

Elle aussi était prête à rentrer chez elle. J'espère simplement qu'on va finir les prises d'ici demain, pensa-t-elle. Cleo m'attend pour rallier la Californie en voiture. Si seulement elle décrochait un rôle du même genre que celui de la concierge. April n'aurait pas été à la hauteur du personnage. C'est Cleo qui a eu l'idée de s'inspirer des mimiques de son gardien d'immeuble. Elle était hilarante. Le film y a beaucoup gagné.

Elle entendit frapper à la porte. « Daisy, vous êtes prête ? demanda un assistant de production.

— J'arrive. » Elle se regarda dans le miroir, fêlé et sale, sous un éclairage miteux. « Pouah ! dit-elle en faisant bouffer ses cheveux bruns. C'est l'éclairage qui fait tout. »

Toutes deux âgées de vingt-quatre ans, Cleo et Daisy s'étaient rencontrées dans un cours de théâtre. Elles avaient joué une scène ensemble et s'étaient tout de suite bien entendues. Elles vivaient de leur métier et, bien que célèbre, Cleo n'avait pas changé.

Ce serait génial de tourner dans le même film, se dit Daisy en ouvrant la porte des toilettes avec un mouchoir d'un air dégoûté.

Puis elle sortit et grimpa dans le vieux tacot qui servait de taxi aux acteurs ainsi qu'aux membres de l'équipe technique. La scène suivante se déroulait sur la route nationale poussiéreuse où Daisy et son nouvel amoureux se retrouvent coincés avec un pneu crevé.

Son chauffeur, un jeune homme de dix-huit ans qui répondait au nom de Zeke, comptait parmi les nombreux admirateurs de Cleo Paradise. Il interrogeait tout le temps Daisy à son sujet, mais cela ne la dérangeait pas : elle était fière de son amie.

« Votre copine… commença-t-il en démarrant.

— Cleo ?

— C'est quoi, le film dans lequel elle tourne en ce moment ?

— Elle ne tourne pas.

— Si. Je l'ai lu sur mon BlackBerry. Mais personne n'a l'air d'en savoir plus.

— Non, vous devez vous tromper. J'ai parlé à Cleo lundi soir. Elle est dans le New Jersey où elle a loué une maison. Elle m'attend là-bas pour qu'on rentre ensemble en Californie. »

Le garçon haussa les épaules. « Il y a cette femme qui organise un vide-grenier et qui vend les affaires de Cleo. Elle raconte que Cleo était chez elle, mais qu'elle est partie.

— Elle vend ses affaires ?

— Oui, ses vêtements. »

Étrange, se dit Daisy. Cleo ne m'aurait-elle pas prévenue si elle était partie en tournage ?

« Et voilà, fit Zeke en s'arrêtant au beau milieu de la nationale déserte, si l'on faisait abstraction de l'équipe du film.

— Merci. »

En descendant de la voiture, Daisy n'avait qu'une envie : appeler Cleo. Mais le réalisateur, que le nombre de prises avait déjà rendu grincheux, était dans les starting-blocks. Il faudrait qu'elle attende jusqu'à ce que la scène soit terminée.

Ce qui pouvait prendre des heures et des heures.

17

Scott desserra sa cravate. La sueur ruisselait sur son front malgré la climatisation qu'il avait mise à fond dans la pièce qu'il louait dans un immeuble de bureaux à Paramus.

Voilà quinze ans, son diplôme de comptabilité en poche, il s'était fait embaucher comme expert-comptable dans une grande entreprise qui, réduction d'effectifs oblige, l'avait licencié au bout de dix ans de bons et loyaux services. Peu de temps après, il avait ouvert son propre cabinet où il travaillait en solo et avait bien du mal à joindre les deux bouts.

Le téléphone se mit à sonner. Découvrant le numéro sur l'écran, il rassembla son sang-froid puis décrocha.

« Allô ?

— Cher Scottie !

— Bonjour.

— Vous deviez me rendre visite hier soir. Que s'est-il passé ?

— Il me faut plus de temps.

— C'est ce que vous m'avez dit la semaine dernière.

— Je sais. Mais vous aurez l'argent lundi. Sans faute.

— Eh bien, je l'espère. Les intérêts montent en flèche.

— Ne vous inquiétez pas.

— M'inquiéter, moi ? » fit l'homme d'un ton sinistre.

Scott entendit frapper à la porte. « Je dois y aller. Je vous recontacte.

— J'y compte bien. »

Scott raccrocha. « Entrez. »

C'était Barney, du cabinet d'avocats installé au bout du couloir. « Salut, Scott. On va manger un morceau ? Tu me diras, j'en ai pas franchement besoin, hein ? ajouta-t-il en se frottant le ventre. Ma femme me tanne pour que je perde du poids. Elle m'a fait une salade mais j'ai encore faim. J'avalerais bien un hamburger. En plus, ça nous ferait sortir d'ici.

— Je comprends, répondit Scott en se levant et en prenant sa veste. Mais je n'ai pas le temps de déjeuner. J'ai un rendez-vous.

— Est-ce que ça va ?

— Oui, bien sûr.

— Et Trevor ? Pas de problème ?

— Non, non. Il est dans le Maine avec sa mère. Et son rupin de beau-père. »

Barney remonta ses lunettes sur son nez et regarda Scott avec sollicitude. « Pas facile, hein ? Mais si j'étais célibataire et beau gosse comme toi, j'irais faire la noce tous les soirs ! Toi aussi, tu vas trouver une belle-mère pleine aux as pour Trevor ! »

Scott attrapa ses clés et son téléphone portable. « C'est le cadet de mes soucis, en ce moment. Ça n'a pas été facile, de remettre ma vie sur les rails après le divorce.

— Tu es dans le coin, ce week-end ? demanda Barney, en se dandinant. Tina et moi, on organise un barbecue samedi, il y aura plein de gamins partout, mais ça va être sympa. Le frère de Tina arrive de Chicago. C'est un type très intéressant. Et je voudrais bien sa fiche de paie.

— Je peux te répondre plus tard ?

— Bien sûr. Quand tu veux, même au dernier moment. »

Ils marchèrent ensemble jusqu'au parking. Les voitures passaient à toute vitesse sur la route 17.

« À plus tard », dit Barney en se dirigeant vers sa voiture.

Scott monta dans sa BMW en leasing. L'air était étouffant, le siège brûlant. Il alluma le moteur et la climatisation puis baissa les vitres. Son téléphone se mit à sonner. C'était Jillian.

« Que se passe-t-il ? demanda-t-il.

— Je viens d'appeler Jody. On n'a pas pu parler parce qu'on lui présentait cette détective, Regan Reilly, et sa mère. »

18

« Je ne voudrais pas interrompre votre interview, dit Nora à Edna. On va attendre. »

Edna se tourna vers le journaliste. « On n'est pas dans une émission de téléréalité. Vous avez encore besoin de moi ?

— Avez-vous d'autres objets appartenant à Cleo ?

— Dans le salon. Suivez-moi. Nora, Regan, je vous en prie. »

Regan avait tout juste eu le temps de découvrir la collection de crânes peints – artificiels, sans aucun doute – et de vases décorés de visages étranges. Elle suivit sa mère dans le salon.

C'était une grande pièce, avec des canapés aux magnifiques motifs jaunes – un peu fanés, il est vrai –, un petit tapis à fleurs, des tables basses en rotin et des lampes en céramique. Des étiquettes signalaient le prix de chaque objet.

Au milieu, la présence d'un portant plein de vêtements et d'une table de jeu semblait incongrue.

« J'ai pensé que c'était bien d'exposer les vêtements

de Cleo dans la pièce la plus élégante de la maison », dit Edna.

Sur le portant se trouvaient plusieurs paires de jeans de styliste, des pantalons d'été légers, des shorts et des tee-shirts.

« Et puis, reprit-elle en désignant la table de jeu de sa main manucurée, voilà d'autres objets que les gens risquent d'apprécier. Ces sandales, par exemple ! Les porter, c'est un peu comme marcher sur les traces de Cleo, non ? Quelle fille n'en voudrait pas ? »

Toutes celles qui ne font pas la même pointure, pensa Regan.

« Et voici son stylo, son rouge à lèvres, son lait solaire, trois cartes de correspondance avec enveloppes assorties, le tout gravé à son nom, un peigne, une brosse, et une serviette de plage de Malibu. Quel fan ne rêverait pas d'avoir ces affaires ? D'autant qu'elles pourraient prendre de la valeur avec le temps. Qui sait ? Cleo Paradise deviendra peut-être la nouvelle Meryl Streep. » Puis se tournant vers le journaliste : « Mark, souhaitez-vous faire le tour du propriétaire et jeter un œil à ce qui est à vendre ? Je parle de mes affaires, bien sûr. Il y a de très beaux meubles. Évidemment, ils ne sont pas d'époque, mais ils ont du cachet et je n'en demande pas des mille et des cents.

— Non, merci, madame. Je vais discuter avec les gens qui font la queue.

— Comme il vous plaira. »

Le journaliste fit au revoir de la main en balayant le salon avec sa caméra avant de disparaître.

« Charmant garçon, dit Edna. Mais assez perdu de temps ! À mon avis, personne ne regarde ce reportage, et j'aime autant papoter avec vous, Nora ! Ça me fait tellement plaisir de vous revoir. J'ai appris que vous aviez acheté une maison dans le coin. J'espère que nous nous verrons plus souvent. » Elle serra les bras de Nora de nouveau. « Je suis ravie de vous rencontrer, Regan. Vous êtes détective privé. C'est Karen qui vous envoie pour voir si j'ai perdu la boule ? Elle est dans l'avion pour la côte Est, à l'heure où je vous parle.

— Non, répondit Nora en riant. Cela dit, elle ne vit pas très bien le fait que vous vendiez la maison.

— Elle s'en remettra, fit Edna en haussant les épaules.

— Qui est l'acheteur ? demanda Regan.

— Un jeune homme qui travaille à Wall Street. Il cherchait une villa à Bay Head pour l'offrir à sa femme. Il lui fait la surprise pour la naissance de leur enfant. Elle devrait arriver la semaine prochaine. J'aurais bien laissé quelques meubles – j'emménage dans plus petit – mais il n'a rien voulu garder ; sa femme préfère les intérieurs modernes. D'où le vide-grenier.

— Où vous installez-vous ? demanda Regan.

— À Golden Peaks. C'est un village de retraités, pas très loin d'ici. Il y a un petit pavillon adorable disponible. Je compte le meubler simplement. Bon ! fit-elle en frappant dans ses mains. Je vous sers une boisson fraîche ? Profitons de la cuisine tant qu'on peut s'y asseoir ! J'espère que les chaises trouveront preneur !

— Eh bien, dit Nora, si cela ne vous dérange pas…

— Pas du tout ! À moins que vous ne vouliez d'abord acheter quelque chose ?

— Oh, je préfère visiter la maison avec vous. Nous y jetterons un œil tout à l'heure. Mais, vous ne voulez pas vérifier ce qui se passe dehors ?

— Non, répondit Edna avec un geste de la main. Ces jeunes femmes savent très bien ce qu'elles font ! C'est pour ça que je les paie !

— Comment les avez-vous trouvées ? demanda Regan, curieuse d'en savoir davantage sur Jillian.

— Alors comme ça, on parle de moi ? »

Edna, Nora et Regan se retournèrent. Une femme mince aux cheveux bruns, approchant de la quarantaine, entrait dans le salon. « Je suis Jody, dit-elle d'un air très professionnel. Nous accrochons des affiches partout. Edna m'a vue faire à la cafétéria l'autre jour. Elle a voulu en savoir plus, n'est-ce pas Edna ?

— Exact. C'était lundi matin. Le destin.

— Le destin, confirma Jody. Edna nous a mises au travail illico. On n'a pas arrêté de la semaine... »

Ce n'est pas vrai pour tout le monde, pensa Regan. Jillian, elle, a eu le temps de dîner dans un restaurant chinois hier soir.

« Jody n'a pas son pareil pour fixer le prix des choses. Sans elle, je n'aurais jamais su combien demander. Sa règle d'or, c'est : "Tirez-en le maximum !"

— Edna ! protesta Jody.

— Ma foi, c'est votre boulot ! Je n'ai pas l'intention de brader toutes mes affaires. Nous allons dans la cuisine pour boire un verre. J'imagine que vous n'avez pas le temps de vous joindre à nous ?

— En effet, répondit Jody en regardant sa montre. Je ferais mieux d'aller voir ce qui se passe dehors. Ravie de vous avoir rencontrées...

— Oh, mon Dieu ! Je manque à tous mes devoirs ! Je vous présente l'écrivain Nora Regan Reilly, qui venait tout le temps ici quand elle était adolescente... »

Tout le temps ? Ça m'étonnerait, se dit Regan.

« … ma fille Karen et Nora ont fréquenté le même lycée, à Bernardsville. Elles s'amusaient tellement toutes les deux. À l'époque, on venait ici pour les vacances d'été. Karen sera là ce soir. Et voici la fille de Nora, Regan… »

19

Dans la salle de jeux de Golden Peaks, Arnetta, l'amie d'Edna, faisait une partie de billard. C'était un petit bout de femme aux cheveux blancs comme neige et au visage en forme de cœur. « La verte dans la poche du milieu », annonça-t-elle pleine d'assurance en se penchant sur la table, la queue en bois brillant entre ses doigts manucurés. Elle visa, tira, et le bruit de deux billes qui s'entrechoquent emplit la pièce. Les joueurs suivirent la trajectoire de la verte – droit vers la poche voulue – qui finit par perdre de la vitesse.

« Allez ! » s'écria Arnetta en sautant sur place. La bille qui roulait au ralenti atteignit le bord de la blouse et disparut sous la table avec un bruit sourd. « Gagné !

— Tu t'es bien battue, Arnie », commenta l'un des hommes en riant.

À quatre-vingt-six ans, Arnetta était la meilleure joueuse féminine de billard du village. Avant d'emménager à Golden Peaks voilà dix ans, elle n'y avait jamais joué. À présent, les autres femmes refusaient de se mesurer à elle – aucune ne faisait le poids et son sens aigu de la compétition agaçait – mais elle s'en moquait. Elle préférait jouer avec les hommes : ils étaient plus doués, plus drôles et elle aimait bien flirter.

À l'autre bout de la pièce, un groupe de femmes jouait aux cartes. À la fin de leur partie, l'une d'entre elles s'approcha de la table.

« Arnetta, nous avons promis à Edna de passer à son vide-grenier. Tu viens ?

— Non !

— Tu ne viens pas ? s'étonna Gladys.

— Les vieilleries d'Edna, ça ne m'intéresse pas. J'ai assez des miennes ! »

Les hommes s'esclaffèrent.

« On n'y va pas pour acheter, Arnetta, protesta Gladys, les mains sur les hanches. On y va pour montrer notre soutien. Je croyais que c'était ton amie.

— C'est le cas. Et elle a mon soutien indéfectible. Elle emménage ici grâce à mes précieux conseils, que je sache. Je viendrai peut-être en voiture tout à l'heure, histoire de voir combien elle a empoché. Remarque, elle n'est pas dans le besoin. Elle dit que si, mais bon. Gladys, on est en plein tournoi…

— Dans ce cas, au revoir, Arnetta. »

Puis elle tourna les talons, indignée. Il faut toujours qu'elle charrie Edna à propos de son argent, je n'aime pas ça, se dit Gladys *in petto* en rejoignant ses amies qui l'attendaient dehors.

« Arnetta ne vient pas avec nous ? demanda l'une d'entre elles.

— Comment as-tu deviné, Margaret ? Elle a dit qu'ils étaient en plein tournoi, mais en réalité, elle n'en a rien à faire.

— Je m'en doutais, répondit Margaret. Ils ne l'avoueront jamais, ajouta-t-elle en baissant la voix, mais à mon avis, ils jouent de l'argent. »

20

« Je vais le prendre », s'écria Cleo en se précipitant pour retirer son maillot de bain de la corde à linge. Son cœur battait la chamade.

« Alors, fit Dirk. On va se baigner ? »

Cleo le regarda. Il avait l'air gentil. Elle n'avait pas envie de rester seule. « Pourquoi pas ? Vous m'attendez une minute, le temps que j'enfile ça ? »

Dirk enleva le cure-dents de sa bouche et lui sourit. « J'ai tout mon temps pour vous. »

Oh, mon Dieu, pensa Cleo. Soit ce type est adorable, soit c'est un cinglé. Je devrais peut-être prendre mes cliques et mes claques et filer. Mais pour aller où ? « Je me dépêche. »

Dirk acquiesça.

Cleo ouvrit la porte et la referma derrière elle plus fort qu'elle ne l'aurait voulu. J'espère qu'il n'est pas en train de s'imaginer que j'ai voulu lui claquer la porte au nez, pensa-t-elle, le souffle court. Quelqu'un m'a suivie jusqu'ici. Mais qui ? Elle prit son téléphone portable sur le bureau et téléphona à Daisy. Elle tomba sur sa boîte vocale. Elle courut jusqu'à la salle de bains où elle se regarda dans le miroir. Vise un peu les poches que tu as sous les yeux !

Un bruit provenant de la douche la fit sursauter. Elle tira le rideau d'un coup sec. C'était le robinet qui gouttait. Elle courut jusqu'à la chambre en mezzanine, ouvrit la penderie. Personne.

Okay, se raisonna-t-elle. Je vais aller nager avec Dirk. Ça va m'éclaircir les idées. Ensuite, je déciderai quoi faire. Elle redescendit, se changea et chercha sa serviette de plage. En vain. Elle enfila un tee-shirt et des sandales, prit ses lunettes de soleil et sa casquette puis rejoignit Dirk.

« J'aime bien me baigner au lac ; ça me détend à tous les coups », dit-il gentiment tandis qu'ils descendaient le sentier côte à côte.

J'ai l'impression que rien ne pourra me détendre, pensa Cleo. « C'est surtout bon pour la forme, répondit-elle platement.

— Je dois faire un saut à mon bureau pour me changer. Mais ne vous inquiétez pas, je ne porte pas ces affreux slips moulants ! »

Oh, mon Dieu ! se dit Cleo.

Le bureau se trouvait à deux pas du parking où Cleo, comme les autres campeurs, avait laissé son 4×4 de location. À leur arrivée, les clients se faisaient conduire jusqu'à leur chalet en voiturette électrique.

« Je vous attends dehors, fit Cleo. J'ai passé trop de temps enfermée.

— Pas de problème. J'en ai pour deux secondes. »

Quel calme, se dit Cleo en patientant. J'aurais aimé être ici dans d'autres circonstances.

En entrant, Dirk salua Gordy. « Déjà de retour ?

— Et oui ! Je n'en ai pas eu pour longtemps.

— Tant mieux, fit Dirk en se dirigeant vers son bureau. Je vais me baigner avec Miss Long. Elle s'est enfin décidée à sortir de sa coquille.

— Super ! En rentrant tout à l'heure, je me suis garé à côté de sa voiture. Il y avait un maillot de bain vert par terre, au niveau de la portière arrière. Une chance que je l'aie vu. Dans l'herbe, ce n'était pas facile. Je l'ai ramassé pour le lui apporter, mais comme elle n'était pas là, je l'ai laissé sur le fil à linge. Voyez, patron ! J'assure !

— Impressionnant, Gordy ! »

Étrange, songea Dirk. Si ce n'est pas elle qui a étendu son maillot, pourquoi n'a-t-elle rien dit ? Elle doit se demander comment il est arrivé là. Pas étonnant qu'elle ait l'air tendu. Qu'est-ce qui lui arrive, à cette fille ? « Je l'en informerai, Gordy, dit-il alors qu'il n'en avait pas la moindre intention. Mais de votre côté, pas un mot ! ajouta-t-il. Je ne voudrais pas qu'elle pense qu'on court après les compliments. »

21

Installées à l'une des meilleures tables du Redman's, restaurant branché au cœur du quartier des théâtres, Hayley et Laurinda Black venaient de passer commande. Approchant la cinquantaine, Laurinda avait monté plusieurs pièces dans des théâtres mineurs. Forte de leur succès, elle allait tenter une percée à Broadway avec son nouveau spectacle, *Marée haute, marée basse.* Venue directement du théâtre, elle portait une tenue décontractée – haut noir, jean noir – et, avec ses cheveux bouclés, ses lunettes qui pendaient au bout d'une chaîne à son cou et juste une touche de maquillage, elle arborait l'air de celles qui savent qu'elles n'ont nul besoin de se mettre sur leur trente-et-un, même dans un endroit comme Redman's.

Laurinda croqua dans un morceau de pain. « Félicitations, Hayley ! Je n'ai entendu que du bien de l'avant-première d'hier soir.

— Merci.

— Le film sort en salles demain, c'est ça ?

— Oui.

— Il paraît que ce n'est pas un chef-d'œuvre. »

Tu ne me feras pas dire du mal d'un client, pensa Hayley. « Je ne l'ai pas vu. À dire vrai, je ne trouve jamais le temps d'assister à la projection pendant ce genre d'évènements.

— Je vois, répondit Laurinda en passant la main dans ses cheveux châtains grisonnants. Pour ce qui est de notre spectacle, nous travaillons encore sur le texte. Quelques petites modifications. Ça va être génial.

— J'imagine qu'avec une nouvelle pièce, on peut être amené à faire des ajustements jusqu'à la première.

— La prochaine fois, je reprendrai un classique. Pas de réécriture. » Laurinda but une gorgée d'eau pétillante. « Vous avez beaucoup de problèmes avec les gens qui essaient de s'introduire sans invitation à vos soirées ?

— Non. On met suffisamment de monde à l'entrée. Si on n'est pas sur la liste, c'est impossible de passer. Le plus embêtant, c'est de gérer ceux qui appellent à quelques jours d'une soirée importante et qui font des pieds et des mains pour obtenir une invitation. »

Comme Scott, poursuivit-elle *in petto*.

« J'imagine que c'est fréquent, fit Laurinda en pianotant sur la table. Quand je me suis lancée dans le métier, j'ai connu un type qui s'incrustait à un tas de soirées. Il ne se faisait jamais prendre. Ce n'était pas bien méchant, il voulait juste s'amuser. Mais aujourd'hui, il y en a des tonnes, des imposteurs et des losers qui cherchent à se faire un nom. Ils viennent pour se créer un réseau, voir ce qu'ils peuvent tirer des gens qu'ils rencontrent. » Elle regarda autour d'elle avant de poursuivre : « Une amie à moi, pleine aux as, a failli se faire rouler par un gars qu'elle avait rencontré à un gala de charité. Un très bel homme. Il l'a invitée dans son restaurant préféré ; tous les serveurs étaient aux petits soins avec lui. Il se trouve que tout ce qui l'intéressait, c'était investir son argent.

— Vraiment ?

— Elle lui a dit qu'elle devait aller au petit coin, juste avant qu'on les serve. Elle est sortie en douce du restaurant et s'est installée dans un bar en face pour l'observer. Il était assis là, avec leurs plats qu'il avait fait couvrir. Au bout d'un moment, il a demandé l'addition. Finalement, c'est elle qui a bien ri.

— Tant mieux !

— C'est sûr ! » Laurinda pointa son couteau vers Hayley. « Des gens comme ça, je n'en veux pas à ma soirée », dit-elle en plaisantant.

22

« Et voici la fille de Nora, Regan… »

Edna fut interrompue par la sonnerie du téléphone de Jody. Celle-ci esquissa un sourire puis regarda le numéro de l'appelant. « Veuillez m'excuser un instant. C'est Jillian, ma partenaire… Bonjour… Oui, Jillian… Tu ne devineras jamais qui est en face de moi… Nora Regan Reilly, la romancière… Oui, et sa fille… Oh, tu les as rencontrées au portail ? Dis-moi, je peux te rappeler plus tard ?… »

Pendant un bref instant, une drôle d'expression passa sur le visage de Jody tandis qu'elle écoutait Jillian. Ce que Regan ne manqua pas de remarquer.

« Okay… J'espère que ça va bien se passer… À plus tard. » Elle raccrocha. « Désolée. C'est une grosse journée pour nous, avec deux ventes en même temps.

— Nous avons croisé Jillian en arrivant, dit Regan sur un ton qu'elle souhaitait neutre.

— Jody et Jillian sont incroyables ! s'exclama Edna. Une équipe de choc ! Elles m'ont appris les bienfaits du tri, et ça, ce n'est pas rien ! C'était un peu comme avoir deux thérapeutes pour le prix d'un. Conserver trop de choses du passé, ça empêche d'avancer. Quand je sentais que ce serait trop dur de me séparer de tel ou tel objet, les filles me conseillaient de lâcher prise. De fermer les yeux et de m'imaginer à Golden Peaks, heureuse dans ma nouvelle vie. Débarrassée de mon fouillis. J'ai essayé – ça n'a pas été facile, mais je les ai écoutées et aujourd'hui, je suis prête à aller de l'avant.

— Vous n'êtes pas la seule à avoir besoin de faire le ménage dans votre vie », dit Regan. Scott, par exemple, c'est les petites amies qu'il collectionne, pensa-t-elle avant de poursuivre : « Au moins, vous essayez de vous débarrasser de votre fatras et d'en tirer un peu d'argent !

— Mon fatras ? Ce que vous voyez là ? Non, Regan…

— Oh, ce que je voulais dire…

— Il est à la poubelle, le fatras ! Tout y est passé : le grenier, le garage, le sous-sol ! Vous trouvez qu'il y a un tas de choses dans le jardin ? Vous auriez dû voir ce qu'on a déjà jeté ! Jody et Jillian disent qu'un vide-grenier, c'est tout un art. S'il y a trop de bazar, les gens en concluent qu'il n'y a rien d'intéressant et ils passent leur chemin ! C'est bien ça, Jody ?

— C'est l'idée, oui ! » Puis s'adressant à Nora et Regan : « Edna a de très beaux objets à vendre. Elle n'a pas besoin d'essayer de grappiller quelques sous avec un plat ébréché. Ça fait mauvaise impression. Inutile de laisser penser qu'elle ne prend pas soin de ses affaires.

— Ce qui d'ailleurs est très loin de la vérité, insista Edna.

— Je l'ai vu tout de suite, répondit Jody en regardant Edna avec tendresse. Votre maison est magnifique, mais il y avait de ces trucs dans votre grenier !

— C'est mon côté sentimental.

— Edna voulait garder les premières chaussures de bébé de son fils. Elles étaient tout éraflées ! Il manquait même un lacet.

— Frankie était un enfant plein de vie. Toujours à taper du pied. Pas étonnant qu'il soit devenu musicien. Je n'aurais peut-être pas dû jeter ses chaussures. Il revient s'installer dans le coin.

— Vraiment ? demanda Jody. Je croyais que la mer était son seul amour.

— Il en a trouvé un autre. J'ai hâte de rencontrer cette femme. Il vient juste de m'en parler au téléphone.

— Frankie revient ? s'exclama Nora. Vous devez être tellement contente.

— On verra s'il le fait vraiment.

— Je ferais mieux d'aller voir dehors, dit Jody. On va bientôt ouvrir. L'une de nos assistantes vient de monter à l'étage pour surveiller les chambres. Je reviens dans quelques minutes pour ramasser l'argent de la vente des articles qui se trouvent à l'intérieur.

— Il y a bien un panneau "Défense d'entrer" sur la porte de la chambre de ma fille ?

— Tout à fait.

— Apparemment, fit Edna en levant les yeux au ciel, Karen s'est mis en tête de garder toutes les bricoles de ses jeunes années ! Elle aurait bien besoin d'un cours intensif avec Jody et Jillian. »

Jody sortit.

Edna se frotta les mains. « Eh bien, mesdames, que diriez-vous d'un thé glacé ?

— Bonne idée », répondit Nora.

Il est temps de faire le tour du propriétaire, pensa Regan. Je peux peut-être glaner quelques informations en parlant avec la jeune fille à l'étage. « J'aimerais beaucoup visiter le premier, dit-elle à Edna, si ça ne vous dérange pas, bien sûr.

— Je vous en prie ! Vous cherchez du mobilier de chambre ?

— Mon mari et moi avons rénové un loft l'année dernière, après notre mariage. Il nous manque encore deux ou trois choses. »

Nora, qui s'apprêtait à dire quelque chose, se ravisa. Sa fille, sans aucun doute, espérait découvrir quelque chose.

« Vous nous trouverez dans la cuisine, dit Edna. Vous n'avez qu'à monter.

— Merci », dit Regan en rejoignant l'entrée.

C'est une belle maison, pensa-t-elle en empruntant le large escalier, une main sur la rampe. Sur sa droite se trouvait une collection de marines peintes à l'aquarelle. Les prix affichés semblaient raisonnables.

Une jeune fille de seize ou dix-sept ans se tenait dans le couloir. « Bonjour, dit-elle gentiment. Je m'appelle Autumn.

— Bonjour. Regan Reilly. Ma mère est une amie de la fille de Mrs Frawley. Je voulais simplement jeter un coup d'œil.

— Bien sûr. Il y a quatre chambres. L'une d'elles est fermée. Accès interdit !

— Mrs Frawley a de bien jolies choses, poursuivit Regan sur un ton badin.

— En effet.

— J'ai croisé Dawn au rez-de-chaussée. Elle m'a

dit que c'était la première fois qu'elle travaillait pour Jody et Jillian. C'est aussi votre cas ?

— Oui.

— C'est drôle.

— Oui. Nous sommes toutes nouvelles. Comme Jody et Jillian organisent des ventes dans tout le New Jersey, elles embauchent des jeunes sur place.

— C'est plus pratique. Elles sont sympathiques.

— Très sympathiques », répondit Autumn en souriant.

Bon, je n'en saurai pas plus, se dit Regan. Je ne voudrais pas avoir l'air de lui tirer les vers du nez. « Quelle est la chambre principale ?

— Première porte à droite. »

La chambre d'Edna, avec sa vue dégagée sur l'océan et sa décoration dans les tons de pêche, était la plus belle pièce de la maison. Il y régnait une atmosphère paisible. Un écran plat était fixé au mur.

Regan s'approcha de la fenêtre. Dehors, l'un des hommes chargés de la sécurité ouvrait la grille. Les premiers clients foncèrent têtes baissées jusqu'à la porte d'entrée. Un vrai troupeau, se dit-elle.

Elle se retourna et embrassa la pièce du regard. Au pied du lit se trouvait une malle. Elle était en vente. Regan se baissa pour mieux voir.

« Elle appartenait à Cleo. »

Regan leva le nez. Autumn se tenait dans l'embrasure de la porte.

« Elle est très jolie. Je suis étonnée que Cleo ne l'ait pas prise avec elle. »

Autumn haussa les épaules.

« Je croyais que Mrs Frawley avait rassemblé toutes les affaires de Cleo en bas.

— Elle a hésité à vendre cette malle jusqu'au dernier moment. Comme elle rend bien à côté du lit, Jody et Jillian lui ont suggéré de la laisser ici. »

Regan regarda le prix. Cent dollars. Ça me paraît honnête, se dit-elle. « J'aimerais l'acheter, Autumn.

— Pas de problème. » L'adolescente s'approcha et écrivit « VENDU » en rouge sur l'étiquette.

« On dirait bien que vous n'allez pas chômer avec tous ces gens qui font encore la queue.

— Ça m'en a tout l'air ! »

Une femme entra en coup de vent dans la chambre. « Regardez-moi cette vue ! C'est magnifique ! Oh, et cette malle ! J'adore !

— Elle est vendue, déclara Autumn.

— Déjà ? Mais j'étais troisième dans la file d'attente !

— Oh, eh bien, si vous… commença Regan.

— Regan, elle est à vous, dit Autumn. Votre mère est une amie de Mrs Frawley.

— Mais je…

— Ce n'est pas grave, interrompit la cliente avec un geste de la main. Je ne devrais même pas être là. Mon mari me tuerait s'il savait que je fais encore un vide-grenier. »

Puis elle s'éclipsa.

23

Dirk sortit de la réception après avoir enfilé un caleçon de bain avec de grandes poches latérales, un tee-shirt et une paire de tongs. Comme Cleo, il portait une casquette de base-ball et des lunettes de soleil. Il avait deux serviettes de plage sous le bras. « Prête, Miss Long ? » demanda-t-il.

Perdue dans ses pensées, les yeux rivés au loin, Cleo sursauta. « Oui, répondit-elle. Au fait, inutile d'être si formel ; appelez-moi Connie.

— Très bien, Connie. Allons-y !

— Euh, commença Cleo, troublée. Votre joue… vous avez mal étalé votre crème solaire.

— Oh. J'ai l'air fin ! » fit Dirk, visiblement amusé. De sa grande main bronzée, il se frotta les deux joues. « C'est bon ? Je suis présentable, maintenant ?

— Oui. C'est bon. »

Pourquoi je lui ai dit ça ? Je ne le connais même pas. Je suis tellement nerveuse.

Ils traversèrent le parking en direction d'une percée dans les bois sans dire un mot. J'aurais dû emporter une bouteille d'eau, pensa Cleo. Je meurs de soif. Je n'ai pas bu une goutte après mon jogging. On pourrait retourner à la réception. Je lui demande ou pas ? Non. Déjà que je lui ai fait remarquer qu'il avait de la crème solaire sur le visage. Il n'a pas eu l'air vexé mais j'aurais mieux fait de me taire. Je ne vais pas encore l'embêter.

Cleo suivit Dirk le long d'un chemin en pente à l'ombre de grands arbres en surplomb. Comme celui sur lequel elle avait couru. Au bout de quelques minutes, il se tourna vers elle. « Quand je me baigne, je préfère aller dans un coin tranquille où personne ne va. Ça vous ennuie ?

— Pas du tout », répondit-elle du tac au tac.

Qui a bien pu mettre mon maillot de bain sur le fil, se demanda-t-elle pour la énième fois. Quelqu'un qui sait où je suis.

« Ce n'est probablement pas très malin de nager dans un endroit isolé, loin de toute surveillance, mais si je coule, vous me sauverez, n'est-ce pas ? Je vois bien que vous vous souciez de moi, ajouta-t-il en passant la main sur son visage.

— Vous êtes costaud, Dirk. Je ne suis pas certaine de pouvoir vous porter secours, mais je ferai de mon mieux.

— Moi aussi. Enfin, s'il faut vous sauver ! »

En voilà un qui ne sait pas à quel point ses propos font écho à mon inquiétude, pensa Cleo. « Espérons que non. »

Dirk quitta le chemin, écartant les branches à mesure qu'il s'enfonçait dans les bois. Les brindilles craquaient sous leurs pieds. C'est sûr, personne ne s'aventure jusqu'ici, pensa Cleo en le suivant. Peu après, ils aperçurent le lac.

« Faites attention, ça devient plus raide par ici. Donnez-moi la main, je vais vous aider. Je ne voudrais pas que vous glissiez. »

Cleo s'exécuta et trouva un réconfort inattendu dans son geste.

« Doucement, dit-il tandis que la descente vers le lac se faisait de plus en plus abrupte. Vous avez une toute petite main, Miss Connie... »

Voilà qu'il me fait encore son numéro de cow-boy, pensa Cleo.

« Attention ! C'est drôlement pentu ici. On risque de se laisser emporter par nos pas... »

Ils prenaient en effet de la vitesse. À quelques mètres du petit bout de plage, la terre commença à s'ébouler sous leurs pieds.

« Holà ! » s'exclama Dirk en essayant de ralentir. En vain. Ils finirent leur course dans le lac en riant, tous deux curieusement euphoriques. Dirk passa le bras autour de la taille de Cleo pour l'aider à se remettre d'aplomb, manquant de faire tomber les serviettes dans l'eau. « Hop là ! » s'exclama-t-il. Il lâcha Cleo et se débarrassa des serviettes et de ses chaussures. Puis il lança sa casquette, ses lunettes et son tee-shirt en tas sur le sable. Cleo l'imita.

« On fait la course jusqu'à la bouée, là-bas ? proposa Dirk, tout sourires. Elle est au milieu du lac. Vous vous en sentez capable ?

— Le dernier arrivé est un zéro ! s'écria Cleo en fonçant dans l'eau.

— C'est l'idée ! »

Puis Dirk plongea sous l'eau et la dépassa. L'eau est froide mais revigorante, pensa Cleo. Ça fait du bien de nager. Je suis restée enfermée trop longtemps.

Chez Edna, elle s'était baignée tous les jours sauf les deux fois où il avait plu. Dirk était presque arrivé à la bouée. Il se tourna et fit du surplace un instant. « Ça va ? demanda-t-il.

— Oui.

— Bien. »

Puis il se remit à nager.

L'instant d'après, Cleo ressentit une légère crampe au ventre. La douleur se fit plus vive. Oh, non, se dit-elle. Je savais bien que j'aurais dû boire de l'eau après mon jogging. Je ferais mieux de revenir au bord. Amorçant un demi-tour, elle se plia aussitôt de douleur et commença à couler. Sa bouche se remplit d'eau. Paniquée, elle se mit à battre des bras et des jambes. « Dirk », essaya-t-elle de crier. Si je coule, il ne me trouvera jamais.

Dirk atteignit la bouée et se retourna. Son visage se remplit d'horreur lorsqu'il vit Cleo lutter pour garder la tête hors de l'eau. « Connie ! » hurla-t-il avant de nager vers elle comme un fou. Quand il arriva près d'elle, elle se débattait toujours avec une force surprenante.

« Doucement, Connie ! » dit-il en essayant de lui attraper le bras. Mais elle était complètement affolée. Elle s'agitait comme un diable. « Connie, arrêtez ! Je ne peux rien faire ! Il faut vous calmer ! Laissez-vous flotter ! »

Cleo était terrifiée mais elle savait qu'elle devait lui faire confiance. Elle laissa son corps se relâcher et mit la tête en arrière. La crampe était passée, mais elle était à bout de forces. Dirk mit Cleo en position de remorquage et commença à la ramener au bord.

« N'ayez pas peur, Connie. Ça va aller. »

Sur la plage, il la posa doucement sur le sable et

plaça une serviette sous sa tête. Cleo, les yeux pleins de larmes, cherchait sa respiration. « Désolée, articula-t-elle, haletante.

— Non, c'est moi qui suis désolé. Je n'aurais jamais dû vous laisser seule. Je ne vous ai même pas demandé si vous étiez bonne nageuse. Je mérite des baffes.

— Je suis bonne nageuse, dit Cleo en esquissant un sourire. Mais d'habitude, je nage en piscine. J'ai eu une crampe. J'ai eu tellement peur que vous ne me trouviez pas si…

— Calmez-vous, Connie, dit-il en lui caressant la joue. N'y pensez plus. »

Cleo ferma les yeux un court instant. « Je vais bien. Allons-y.

— Hors de question.

— Pardon ?

— Prenez un peu de temps, c'est important.

— D'accord. »

Puis elle ferma de nouveau les yeux et essaya de respirer à fond.

Au bout de quelques minutes, il l'aida à se lever. Tous deux se chaussèrent et remirent leurs tee-shirts. Puis Dirk prit Cleo par la main et commença à remonter le chemin éboulé. Mais son pied glissa et il sentit qu'il perdait l'équilibre. Il lâcha la main de Cleo pour ne pas l'entraîner dans sa chute – il ne voulait pas lui causer davantage d'ennuis.

En vain. Elle retomba en arrière sur la plage.

24

Installées dans la cuisine autour de la table, Edna et Nora sirotaient un verre de thé glacé. Nora avait dédicacé ses livres, à présent bien en vue dans le jardin.

« C'est incroyable, toutes ces années qui ont passé, dit Edna avec mélancolie. On a bien ri, autour de cette table. Vous vous rappelez ? »

Vaguement, pensa Nora tout en souriant. « Bien sûr, Mrs Frawley. J'ai passé des moments mémorables dans cette maison.

— Edna. Je vous en prie, appelez-moi Edna. Nous sommes deux adultes à présent. Tiens, j'entends la porte d'entrée qui s'ouvre. » Elle prit le bras de Nora. « C'est parti ! Le coup d'envoi de mon vide-grenier ! » Tout à coup, elle fronça le nez. « Qu'est-ce que c'est que tout ce raffut ? » demanda-t-elle en se levant.

Toutes deux se précipitèrent dans la salle à manger, où un homme d'âge moyen avec une coupe de cheveux invraisemblable et un tee-shirt tellement petit qu'on lui voyait un bout de ventre, regardait les étiquettes des objets posés sur la table. « Tout ça, c'était à Cleo Paradise ? demanda-t-il en sueur. Tous ces crânes peints et ces poteries ?

— Oui, répondit Jody.

— Je prends tout, annonça-t-il en faisant de grands gestes. Je paie cash. »

Puis il sortit son portefeuille de la poche arrière de son pantalon.

Dans le salon, une femme s'accrochait au portant où se trouvaient les vêtements de Cleo. « C'est à moi, cria-t-elle. Je veux tout ! »

Intriguée par les cris, Regan descendit en courant. Ces gens sont complètement dingues, pensa-t-elle.

Deux autres femmes, une mère et sa fille, à n'en pas douter – même coupe au bol, même nez pointu, même mâchoire carrée –, commencèrent à se plaindre tout haut, déçues d'entendre que les affaires de Cleo étaient toutes vendues. « On ne peut pas avoir un crâne ? Il y en a plein. On en veut un. »

Jody haussa les épaules. « Si ce monsieur veut bien...

— Hors de question ! Je suis président du fan-club de Cleo Paradise. Tout ceci m'appartient !

— Mais on a attendu pendant des heures...

— Bon, d'accord. Je vais être sympa. Je vous en laisse un. Vous n'avez qu'à choisir. Dépêchez-vous. »

Regan s'était approchée de Nora et Edna. Pour une fois, cette dernière était sans voix.

La femme dans le salon commença à fourrer les vêtements de Cleo dans un sac en plastique transparent. « Je ne vole rien ! » s'écria-t-elle, comme pour s'en convaincre.

Ces deux-là seraient ensemble que ça ne m'étonnerait pas, songea Regan. Elle n'eut pas à attendre longtemps pour en avoir la confirmation.

« Vous achèterez autre chose ou je fais le total ? demanda Jody au monsieur.

— Ma femme est dans le salon, répondit-il en s'essuyant le front. C'est ma vice-présidente. Le fan-club, c'est nous, chérie ! Tu me rejoins ? On paie la dame et on s'arrache ! »

Ils font la paire ! songea Regan. Ils ont sûrement l'intention de revendre les affaires de Cleo sur Internet. Ils ont tout raflé, à part la malle que j'ai achetée. Je devrais peut-être m'inscrire à leur fan-club.

« Ça, par exemple ! murmura Edna. Je ne m'attendais pas à ce genre de choses. Mais où sont passées les bonnes manières ? »

Dehors, la nouvelle se répandit comme une traînée de poudre : toutes les affaires de Cleo étaient vendues.

Un véritable tumulte s'ensuivit.

« On a attendu pendant des lustres ! s'écrièrent certains clients, révoltés. C'est de l'arnaque ! »

Une adolescente se mit à pleurer. « Mais moi, je veux devenir actrice ! Je voulais quelque chose de Cleo Paradise pour me stimuler. »

La moitié des gens qui faisaient la queue s'en allèrent, au grand désespoir d'Edna qui courut jusqu'à la porte d'entrée. « Revenez ! Il reste encore plein de choses superbes à vendre ! Il y a même des livres dédicacés de Nora Regan Reilly ! »

Nora ne put s'empêcher de se boucher les oreilles.

25

Au même moment, au Redman's, Laurinda dévorait son hamburger tandis que Hayley mangeait sa salade du bout des dents. Cette dernière, déjà ébranlée par l'annonce que Regan lui avait faite, avait perdu l'appétit pour de bon suite au coup de fil pour le moins déconcertant de Scott. Elle devait pourtant se concentrer sur son rendez-vous d'affaires.

Le restaurant restait animé malgré l'absence de nombreux habitués. En plein mois d'août, les gens du show-biz désertaient la ville, en général pour les Hamptons. En septembre, l'endroit serait de nouveau grouillant de vie.

Hayley se donnait du mal pour avoir l'air gai. « J'ai pensé que pour votre soirée, nous pourrions... »

Laurinda l'interrompit en lui posant la main sur le bras tandis qu'elle regardait en direction de l'entrée : « Un instant. »

Hayley commença à tourner la tête.

« Non, ne vous retournez pas », dit Laurinda. Les coudes sur la table, elle se mit à parler la main devant la bouche. « Vous pouvez regarder, mais discrètement.

C'est cette actrice, là. Je n'ai aucune envie qu'elle vienne me voir. »

Un homme d'âge moyen et une superbe jeune femme suivirent le maître d'hôtel jusqu'à une table dans un coin à l'abri des regards.

Un bref coup d'œil suffit à Hayley pour se rendre compte qu'elle ne savait pas qui était l'actrice. Mais il lui était difficile de l'admettre, d'autant que pour elle, reconnaître les visages célèbres faisait partie de son boulot. « Oh… » commença-t-elle. Puis elle décida d'être franche. « Désolée, Laurinda, mais je ne sais pas qui c'est. »

Laurinda regarda Hayley droit dans les yeux, interloquée. « Je vous aime bien, Hayley, finit-elle par dire. Vous êtes honnête. »

Pas comme ce crétin de Scott, pensa Hayley. « Merci.

— Je le pense vraiment. D'autres auraient fait mine de la connaître, alors qu'en fait, elle n'est pas franchement célèbre. C'est April Dockton. Elle a eu deux ou trois rôles dans des petits films. Rien de transcendant. Cette fille est prête à tout pour faire décoller sa carrière ; ça fait peur.

— Vraiment ?

— Je lui ai fait passer une audition pour un rôle dans ma pièce mais elle ne convenait pas. Elle n'a pas arrêté de m'appeler pour avoir une seconde chance. Dans le rôle d'une harceleuse, elle ferait fureur.

— Elle a du talent ?

— Elle joue bien, mais de là à dire qu'elle a ce petit truc qui fait la différence… je ne sais pas. Il y en a tellement des petites nanas jolies et douées. Ce qu'il lui faudrait, c'est un coup de chance. »

Comme moi avec les hommes, pensa Hayley.

« Il suffit d'une fois ; un rôle dans un film ou une pièce qui a de bonnes critiques. »

Eh oui, songea Hayley. « Il suffit d'une fois, dit-elle en posant sa fourchette. J'aime bien les papiers qui parlent de ces comédiens sortis de nulle part qui percent grâce à un rôle. Savoir qui a refusé ce même rôle ; ces acteurs qui marchent bien mais qui n'auront jamais la notoriété qu'ils auraient eue s'ils avaient été assez malins pour l'accepter. Ça ne doit pas être simple de vivre avec cette idée.

— Dans ce métier, on a vite fait d'avoir des regrets. Tout repose sur la capacité à reconnaître un bon scénario, une belle mise en scène. » Laurinda jeta un regard furtif en direction d'April Dockton, en plein numéro de séduction avec l'homme qui l'accompagnait – elle jouait avec ses cheveux, souriait un peu trop et lui touchait le bras. « Elle lui sort le grand jeu, murmura Laurinda.

— Quoi ? »

D'un petit coup de tête, Laurinda signifia qu'elle parlait de Dockton. « Le type avec qui elle déjeune est producteur à Hollywood. Il est sur un nouveau projet. Dix contre un qu'elle cherche à décrocher un rôle. C'est une ambitieuse finie. Vous parliez des acteurs qui passent leur vie à se mordre les doigts d'avoir refusé un rôle ?

— Oui. »

Hayley, consciente que la question était purement rhétorique, savait qu'elle devrait jouer les incrédules.

« Que dire de ceux qui passent à un cheveu d'un premier rôle ? Qui ont été tellement près du succès qu'ils l'ont senti filer entre leurs doigts ?

— Ça doit être affreux !

— Affreux ? Ce n'est rien de le dire, surtout pour un illustre inconnu ! Eh bien, poursuivit-elle plus bas, figurez-vous qu'April Dockton a failli jouer dans *Un amour de concierge*, mais c'est Cleo Paradise qui a eu le rôle. »

Hayley n'eut pas à faire semblant d'être surprise. « Sans rire ?

— Sans rire ! Ça s'est joué à rien du tout ! Mais au final, ils ont choisi Cleo.

— Et maintenant, c'est une superstar.

— Et comment ! Je vais vous dire, à la place de Cleo Paradise, je n'aimerais pas croiser April Dockton au coin d'un bois en pleine nuit. Ni même en plein jour, d'ailleurs ! »

26

Au volant de sa vieille berline cabossée de couleur foncée, Horace Flake roulait à toute vitesse sur la route 444 en compagnie de son père.

« Ralentis, fiston, ordonna Ronnie en se tenant au tableau de bord. Je voudrais bien arriver là-bas entier.

— Je te rappelle que c'est mon métier, de conduire.

— Tu poireautes à l'aéroport en espérant trouver des clients. C'est ça que tu appelles un métier ? La plupart des gens ont une trouille bleue des taxis clandestins. Ils sont convaincus qu'ils n'en sortiront pas vivants.

— Merci, répondit Horace d'un ton sarcastique en serrant le volant avec ses grosses mains. Je prends une journée de congé parce que je me fais du souci pour toi, et c'est tout ce que tu trouves à dire ? Il faut la traîner en justice, Cleo Paradise. Le monde entier doit savoir comment elle t'a traité. C'est un scandale. Elle décroche un rôle qui lui vaut une nomination aux Oscars alors que tu étais son agent, et ensuite, elle t'ignore ? »

Ronnie avait l'air malheureux. « Je lui ai dit que le

scénario était nul. Je le pense toujours d'ailleurs, mais il a plu, en fin de compte. Cleo a fait opérer sa magie.

— Moi, j'ai adoré le thriller que tu lui as dégoté. Je le regarde rien que pour voir la scène où le taré essaie de la tuer. C'est génial. »

Ronnie étudia longuement son fils. Ses cheveux bruns étaient clairsemés ; il était grand et costaud mais il avait pris trop de poids. Il mangeait des tas de cochonneries quand il conduisait. Le sol de la voiture était jonché de papiers d'emballage. Si seulement il mettait un peu d'ordre dans sa vie. « Horace, ça m'inquiète de t'entendre parler comme ça. Tu as toujours aimé la bagarre ; c'est ça ton problème. Qu'est-ce que tu vas devenir quand ta mère et moi on ne sera plus là, hein ? Tu y penses, un peu ?

— Je vis au jour le jour.

— Ça, c'est sûr. Tu n'as même pas cherché à quitter la maison.

— Maman voulait que je reste.

— Ça fait vingt ans qu'elle a changé d'avis. »

Après un long moment de silence, Ronnie reprit : « Désolé, fiston, mais maintenant que je vais prendre ma retraite, je ne suis pas tranquille. Ta mère veut qu'on aille en Floride. Qu'est-ce que tu comptes faire ? Venir avec nous et marauder autour des aéroports ? Ça ne sera pas facile, tu sais. Là-bas, il n'y aura pas tous ces gens fatigués d'attendre un vrai taxi dans le froid.

— Qu'est-ce que tu crois ? Que j'ai envie d'aller m'enterrer dans un village de retraités en Floride ?

— Qu'est-ce que tu vas faire, alors ?

— Rester ici. Prendre une chambre quelque part. Je vais trouver.

— J’aurais dû être un meilleur père, se désola Ronnie.

— Là, tu n’as pas tort. »

Horace mit son clignotant et se rabattit sur la droite.

« C’est là qu’il faut sortir ?

— Oui.

— Et ensuite ?

— Je sais où c’est. J’ai trouvé les indications sur mon BlackBerry quand j’ai lu l’article sur le vide-grenier. »

27

« Connie ! Ça va ? » demanda Dirk avec inquiétude en se précipitant vers elle. La douleur dans sa cheville le fit grimacer.

Immobile, Cleo fixait le ciel. « Je me sens un peu étourdie mais ça va. Décidément, ce n'est pas mon jour, fit-elle en se redressant.

— C'est encore ma faute. Allez-y doucement, Connie. Vous ne voyez pas d'étoiles ou quoi que ce soit, c'est sûr ?

— Je suis juste un peu dans le brouillard. Rien de grave.

— Prenez quelques minutes, dit-il en se massant la cheville.

— Vous êtes blessé ?

— Ça va aller. J'ai dû me fouler la cheville. Je vais rentrer et mettre de la glace.

— Vous pouvez marcher jusqu'à l'accueil ? C'est loin.

— Mon chalet est à deux pas d'ici, au milieu des arbres. Dès que vous pouvez vous lever, je vous ramène jusqu'au sentier. Ensuite, si ça ne vous dérange pas trop, je vous laisserai rentrer seule.

— Pas de problème. Et puis ça va mieux maintenant. Allons-y. »

Dirk lui prit la main et tous deux se relevèrent. Mais la marche était douloureuse pour lui.

« Prenez appui sur moi, proposa Cleo.

— Sûre ?

— Évidemment que je suis sûre. Vous venez de me sauver la vie. Je vous accompagne à votre cabane et je m'occupe de la glace. »

28

De retour à leur campement, Cliff et Yaka Paradise sirotaient tranquillement un verre de vin.

« Ah, fit Cliff en se laissant aller en arrière sur sa chaise pliante. C'est bon, ce sentiment de paix qui vient avec le coucher du soleil. Quel bonheur de se la couler douce après une journée palpitante et pleine de défis, à crapahuter dans la montagne ou apprendre un nouveau pas de danse ! Tout ça, en compagnie de ma petite Yaka, ajouta-t-il en lui embrassant la main. Toi qui n'as jamais dit non à mon envie de parcourir la planète. "Y a qu'à !" tu disais. » De nouveau, il lui baisa la main.

Yaka esquissa un sourire. « Jusqu'au jour de sa mort, ma pauvre mère ne s'est jamais faite à ce surnom que tu m'as donné. Mais elle adorait écouter nos récits de voyages.

— On en a eu des coups durs pendant toutes ces années au cours de nos pérégrinations. Mais ça valait la peine. » Cliff but une gorgée du vin rouge qu'ils avaient acheté au village. « Aujourd'hui, je ne pense qu'à une chose : notre musée. On a eu une chance pas croyable de trouver ces crânes en céramique, non ? Ils me font penser à ces têtes de mort en sucre qu'ils font au Mexique. Sauf que là, c'est plus facile à transporter.

— Tu l'as dit ! On a trouvé des spécimens vraiment intéressants ces derniers mois. » Elle se mit à réfléchir, le doigt sur la tempe, avant de poursuivre. « Cleo ne nous a pas envoyé de mail quand elle a reçu la malle ; ça m'étonne. Quand elle est à Los Angeles, elle ouvre nos colis et nous envoie ses commentaires rigolos dans la minute. La malle est arrivée dans le New Jersey, c'est sûr, j'ai eu un message de confirmation. Si elle a vu ces crânes, je ne comprends pas qu'on n'ait pas de ses nouvelles... dit Yaka, la voix de plus en plus lointaine.

— Plus rien ne la surprend de ses vieux parents un peu dingues ! Au moins, on sait que la malle est arrivée à bon port. »

Au bout de quelques minutes, Yaka rompit le silence : « Cliff, descendons au village pour appeler Cleo.

— Maintenant ?

— Oui.

— Pourquoi ?

— J'ai envie d'entendre sa voix.

— Ça ne peut pas attendre demain ?

— Non.

— Qu'est-ce qu'il y a ? demanda Cliff en regardant sa femme droit dans les yeux.

— Je ne sais pas. Une intuition de mère...

— J'ai compris », dit Cliff en vidant son verre. Puis, regardant au loin en direction de la vallée : « On y va. C'est vrai que c'est génial d'être à l'écart du monde moderne et de toute cette technologie qui rend des tas de gens dépendants. D'un autre côté… »

Il s'interrompit et se tourna vers sa femme.

Yaka courait déjà en direction du village.

29

Regan ne put s'empêcher de rire en voyant Edna filer sur le porche en criant : « Des romans dédicacés de la célèbre auteur Nora Regan Reilly... »

« Ce n'est pas grave, maman, dit-elle en se tournant vers Nora.

— Je sais, Regan, mais écoute-la. On dirait qu'elle supplie les gens de rester et d'acheter mes livres. »

La porte d'entrée s'ouvrit brusquement. « Nora ! s'écria Edna. J'ai quelqu'un avec moi qui est prêt à acheter un de vos livres, mais uniquement si vous personnalisez la dédicace. Vous voulez bien ?

— Oui, répondit Nora le plus gentiment possible.

— Venez par ici, alors ! » Le téléphone se mit à sonner. « Regan, vous répondez, s'il vous plaît ? Je suis très occupée, là !

— Bien sûr. »

Regan et sa mère échangèrent un regard complice avant de se séparer. Dans la cuisine, deux femmes qui inspectaient la table et les chaises ne remarquèrent ni la puissante sonnerie du téléphone, ni la présence de Regan.

« C'est une bien jolie table, à un prix raisonnable avec ça. Mais j'ai vu mieux. »

Regan décrocha le combiné sans fil. « Résidence Frawley, j'écoute.

— Bonjour. Cleo Paradise est-elle là, s'il vous plaît ? demanda une voix féminine.

— Non. Qui la demande ?

— Daisy Harris. Je suis une amie de Cleo. Pouvez-vous me dire quand elle rentrera ?

— À vrai dire, répondit Regan avec circonspection, elle n'habite plus ici.

— Ah non ? »

Daisy semblait à la fois surprise et un peu vexée.

« Non.

— Et où est-elle allée ?

— Aucune idée. Je ne fais que répondre au téléphone pour rendre service à la propriétaire. Elle est très occupée.

— Il paraît que cette dame organise une sorte de vente avec les affaires de Cleo. C'est vrai ?

— Oui, fit Regan, gênée. Mrs Frawley est en plein vide-grenier…

— Incroyable ! s'offusqua Daisy, de plus en plus contrariée. Cleo n'aurait jamais laissé ses affaires. Quand est-elle partie ?

— Vendredi dernier, je crois. Elle a écrit à Mrs Frawley qu'elle avait un tournage.

— Un tournage ? Mais, je lui ai parlé pas plus tard que lundi soir et elle ne m'a absolument pas parlé de ça, ni de quitter la maison, d'ailleurs. Elle devait m'y attendre, le temps que je termine un film en Floride. On était censées rentrer ensemble en voiture en Californie. »

Je le savais, pensa Regan. Je me disais bien qu'il y avait quelque chose de louche dans ce départ précipité. « Elle est sûrement dans le coin. Si ça se trouve, elle voulait juste quitter cette maison – pour une raison ou pour une autre, dit Regan qui se voulait rassurante.

— Dans ce cas, pourquoi ne m'a-t-elle rien dit, hein ?

— Vous l'avez eue sur son portable ou sur le fixe l'autre jour ?

— Sur son portable. Je viens juste d'essayer de la joindre mais ça ne répond pas. J'ai laissé un message.

— Je suis sûre qu'elle va vous rappeler.

— Non. Il y a quelque chose qui ne va pas. Cleo m'a dit que quelqu'un avait déposé des fleurs mortes devant la maison. C'est déjà arrivé en Californie. Elle a essayé de ne pas s'inquiéter. De mettre ça sur le compte d'un farceur, à cause de ce film dans lequel elle jouait la victime d'un malade. Mais j'ai un mauvais pressentiment. Si ce n'était pas une farce, hein ? »

Moi aussi, pensa Regan. J'ai un mauvais pressentiment.

30

J'espère que tu t'amuses bien aujourd'hui, Cleo. Ta dernière heure approche.

31

En route pour Asbury Park au volant de sa Jeep, Jillian repensait au coup de téléphone de Scott. Pour l'amour du ciel, qu'il arrête de s'inquiéter comme ça ! Quand bien même cette femme détective m'aurait reconnue, je ne vois pas le problème. Si elle commence à poser des questions, Jody saura quoi répondre. Les filles qui travaillent au vide-grenier ne nous connaissent ni d'Ève ni d'Adam. Elles ne risquent pas de lui raconter quoi que ce soit. Tout va bien se passer. En plus, qu'est-ce que ça peut lui faire, à cette Regan Reilly, que je me sois fiancée ou pas ?

Âgée de vingt-six ans, Jillian était d'un naturel optimiste – ce dont sa mère s'était toujours félicitée. Tout bébé déjà, elle passait son temps à sourire et à taper dans ses mains. Par la suite, elle avait toujours vu le verre à moitié plein plutôt qu'à moitié vide. Son petit côté sirupeux ne plaisait pas à tout le monde, mais nul ne pouvait nier qu'en cas de coup dur, elle s'en sortait d'une manière comme d'une autre. Tu as bien raison, maman, pensa Jillian gaiement. Je vois toujours le bon côté des choses. Mais je suis aussi une bosseuse.

Sans ça, Jody ne m'aurait jamais proposé de m'associer avec elle. Elle a beau être plus âgée et plus expérimentée, elle n'aurait pas pu s'occuper de la boîte toute seule. Fixer les prix, c'est sa partie, mais pour faire le tri, je suis imbattable. J'ai toujours été très ordonnée. Encore une de mes qualités.

Jillian monta le volume de la radio. Un animateur parlait avec enthousiasme du temps radieux qu'il ferait ce week-end. Ce serait chouette de pouvoir aller à la plage, se dit Jillian. Mais le programme est chargé avec ces deux vide-greniers samedi et dimanche en Pennsylvanie. Ma foi, ça vaut sûrement la peine de se déplacer : les pavillons en lotissement rapportent pas mal d'argent, vingt-cinq pour cent des recettes, comme d'habitude. Jody et elle partiraient de bonne heure le lendemain et ne rentreraient qu'à la fin du week-end.

Je me demande comment ça se passe chez Edna, pensa Jillian en roulant à vive allure sur Ocean Avenue. Elle qui s'inquiétait qu'on organise son vide-grenier en semaine... c'était bien inutile. Il y avait pas mal de monde devant chez elle. De toute façon, on était déjà prises ce week-end. Et puis c'est l'été et les gens sont en vacances. On n'est pas obligées de se cantonner aux samedis et aux dimanches.

Jillian arriva bientôt à Asbury Park. La ville avait toujours attiré les musiciens. C'est là notamment que se trouvait le Stone Pony, bar où Bruce Springsteen s'était souvent produit au début de sa carrière. Après des années de déclin, Asbury Park connaissait un nouvel essor, lent mais régulier, grâce à des travaux de construction et de rénovation. Restaurants et bars à concerts avaient poussé comme des champignons. Je m'installerais volontiers dans le coin, se dit Jillian. Les Perone ont l'air d'adorer vivre ici.

Les Perone, un couple d'une trentaine d'années, n'étaient autres que les clients chez qui elle se rendait. En pleine quête spirituelle, ils croyaient qu'en se débarrassant de leurs vieilleries, ils gagneraient en créativité et productivité – d'où l'idée du grand ménage. Striker était musicien ; Harriet, elle, avait un poste de commerciale dans une station de radio. En l'aidant à faire le tri dans la maison, Jillian avait dû se montrer douce et ferme à la fois – tout comme avec Edna. Les gens avaient du mal à lâcher prise lorsqu'il s'agissait de leurs biens.

Le vide-grenier commençant à quatorze heures, il restait une heure et demie à Jillian et ses clients pour tout installer sur la pelouse de devant, ce qui était amplement suffisant.

Jillian s'engagea dans leur rue au cœur d'un quartier déserté et sans vie, où seuls quelques arbres offraient un peu d'ombre sous le soleil de plomb. En dépit de son optimisme à toute épreuve, elle se sentit un rien nerveuse en se garant dans la minuscule allée. Il n'y avait pas un chat devant la maison. Le matin même, Jillian avait pourtant annoncé la vente à grand renfort d'affiches aux quatre coins de la ville. Où étaient donc les habituels fanas de vide-greniers qui faisaient la queue des heures à l'avance tellement ils craignaient de rater une bonne affaire ? Certains d'entre eux faisaient peur à voir.

À peine avait-elle éteint son moteur qu'elle vit Striker sortir de chez lui. Pieds nus et vêtu comme à son habitude d'un tee-shirt et de jeans noirs, il portait tout un assortiment de chaînes en métal autour du cou.

« Coucou, Striker ! » s'exclama Jillian, convaincue qu'il sortait tout juste du lit. Il lui arrivait souvent de jouer dans des bars jusqu'au petit matin. « Prêt pour notre vide-grenier ?

— J'ai à vous parler », déclara-t-il avec colère, en pointant un doigt menaçant vers elle.

Jillian claqua sa portière. « Qu'est-ce qui ne va pas ?

— Vous voulez savoir ce qui ne va pas ? Il n'y a personne. Qui va se donner la peine de venir ici, avec cet autre vide-grenier que vous organisez, les affaires de Cleo Paradise ! On se fait voler la vedette. On a pourtant fait appel à vous en premier. Vous nous faites perdre notre temps !

— Mais l'autre maison n'est pas très loin. Les gens qui savent que vous faites un vide-grenier vont venir ! Même s'ils sont là-bas en ce moment. J'en suis sûre et certaine ! J'ai mis des affiches partout avec "Venez nombreux !" écrit dessus. Alors, croyez-moi, ils viendront nombreux ! » promit Jillian en partant d'un rire aigu et mélodieux.

Striker n'apprécia pas vraiment ce trait d'humour. « Et ce n'est pas tout. Harriet vous a laissée jeter beaucoup trop de choses ! Je suis furieux !

— Oh, Striker, fit Jillian sur un ton apaisant tout en s'approchant de lui, ce que vous ressentez est tout à fait normal. C'est dur pour tout le monde de se séparer de ses affaires. Mais une fois que ce sera fini, vous serez super content. Vous aurez une telle impression de liberté. Ne soyez pas négatif. Allez ! On va tout préparer ! Où est Harriet ?

— À l'intérieur. Elle est en larmes. Elle se sent exactement comme moi. »

32

Ma vie est foutue, pensa Scott. Je me suis marié trop jeune. Ça se passait plutôt bien au début. Ses parents nous ont aidés à nous lancer. Mais madame n'en avait jamais assez. Acheter, déjeuner avec ses copines, partir en vacances, fréquenter des clubs hors de prix, c'est tout ce qui l'intéressait. Et puis Trevor est né. La nourrice, l'école privée… j'ai assuré un moment, mais après j'ai perdu mon boulot. Les choses ont changé. J'ai essayé de suivre le rythme mais on a commencé à se disputer.

Ç'a été un soulagement quand elle a rencontré son vieux plein aux as à la salle de sport. Elle croyait que je serais désespéré quand elle m'a annoncé qu'elle voulait divorcer. Plutôt drôle ! Je plains Trevor, quand même, d'avoir une mère comme elle. Il va devoir la supporter toute sa vie. Et moi, je vais avoir affaire à elle jusqu'à ce qu'il sorte de l'université.

Ça la tuerait d'apprendre que je fais des affaires grâce à des vide-greniers ! Elle qui adorait ça ! Elle y allait toutes les semaines ! Une vraie droguée ! Il faut croire que son goût pour les belles choses s'arrêtait là. Parfois, elle ramenait des objets pas trop mal, mais la plupart du temps, c'était vraiment de la camelote. Elle y laissait des sommes incroyables ; ça me rendait dingue ! Je ne me suis pas privé pour le lui dire.

À présent, Scott avait besoin de vingt-cinq mille dollars, et vite. Je rembourse ce type, et après, je n'emprunterai plus jamais un sou, pensa-t-il. Quelle aubaine d'avoir ce rendez-vous aujourd'hui. Au restaurant, la veille au soir, Betty et Ed Binder – un couple de gens âgés – avaient trouvé la demande en mariage de Scott si émouvante qu'ils avaient payé leur tournée. Heureusement, à ce moment-là, Regan Reilly était déjà partie, comme la plupart des clients du restaurant. Scott et Jillian avaient remercié les Binder et leur avaient proposé de se joindre à eux. Scott s'apprêtait à leur rendre visite pour leur parler de certains investissements qu'il souhaitait faire. Avec un peu de chance, ils sortiraient leur chéquier.

À l'approche du quartier résidentiel fermé où ils vivaient, Scott se gara dans une rue transversale. Il était en avance et ne voulait pas paraître trop empressé. Il lança une recherche sur Regan Reilly sur son BlackBerry. Il savait déjà que sa mère était écrivain, grâce à l'interview d'Edna – un vrai moulin à paroles, celle-là. Il fit défiler la page. Tiens, son père possède trois entreprises de pompes funèbres à Summit, dans le New Jersey. C'est bon à savoir, pensa-t-il en ricanant. Mais quand il apprit qui était son mari, son envie de rire lui passa.

Jack Reilly, chef de la brigade spéciale de la police de New York.

Ils vivent à Manhattan.

Que faisaient-ils hier soir dans un restaurant chinois du New Jersey ?

33

« Attendez une petite minute, Daisy, je vais chercher Mrs Frawley. On peut savoir...

— Je n'ai pas le temps, chuchota Daisy. Je suis sur le plateau. Je ne devrais même pas être au téléphone. Il faut que je raccroche. On va commencer à tourner.

— Donnez-moi votre numéro, répondit Regan. Je m'appelle Regan Reilly. Je suis détective privé. J'aimerais vous aider, si vous n'arrivez pas à joindre Cleo.

— Détective privé ? s'écria Daisy, inquiète. Vous ne seriez pas en train de me cacher quelque chose ?

— Pas du tout ! Ma mère connaît les Frawley depuis des années ; nous sommes simplement passées pour dire bonjour. »

Ce n'est pas si éloigné que ça de la vérité, pensa Regan. Pas la peine de s'étendre sur les petites mesquineries d'Edna.

« Ah ! D'accord », fit Daisy avant de laisser son numéro à Regan.

Cette dernière le répéta à haute voix après l'avoir noté sur un bloc-notes près du téléphone. « Vous voulez le mien ?

— Je n'ai pas de stylo. Si vous avez un moment, appelez-moi pour laisser vos coordonnées sur ma boîte vocale.

— Entendu. Et ne vous inquiétez pas, Daisy. Si vous avez parlé à Cleo lundi…

— Il faut que je raccroche, désolée ! Merci. »

Étrange, songea Regan en reposant le combiné. Cleo reçoit un bouquet de fleurs mortes et s'en va plus tôt que prévu sans prévenir son amie ?

Comment expliquer ça ? Elle a dû être terrorisée. La personne qui lui a laissé les fleurs l'aurait-elle suivie quand elle est partie d'ici ?

Des clients passaient dans la cuisine claire et spacieuse avant de rejoindre le petit salon dont les immenses fenêtres donnaient sur la piscine. La pièce, avec ses confortables canapés beiges et blancs, sa cheminée et son téléviseur à écran plat – le même que celui qui était dans la chambre –, semblait l'endroit idéal pour se détendre. Si Cleo avait peur, pensa Regan, elle fermait probablement les rideaux la nuit. Et si je faisais un tour dans la maison ? Peut-être que je trouverai quelque chose, un indice quelconque sur son séjour ici ou sur les raisons de son départ. Enfin, rien n'est moins sûr. Cleo est partie depuis presque une semaine. Entre-temps, Edna est rentrée et a préparé son vide-grenier.

Regan alla dans la salle à manger, où les deux dingos du fan-club de Cleo emballaient soigneusement leurs achats sous l'œil un rien agacé de Jody qui, munie d'une calculatrice, faisait le total de ce qu'ils devaient.

« Alors ? leur demanda Regan. Comment fait-on pour créer un fan-club ?

— Ben, on le fait, c'est tout, répondit Monsieur le président en s'essuyant le front.

— Ben oui, confirma Madame la vice-présidente en jetant des regards furtifs autour de la pièce.

— Vous appartenez à d'autres fan-clubs ?

— Et mince, fit Jody, ostensiblement exaspérée par Regan. Je ne sais plus où j'en suis. J'ai compté le dernier crâne ou pas ? Il vaut mieux recommencer.

— Désolée, dit Regan. Je ne reste pas dans vos pattes. »

Elle traversa le salon et rejoignit l'étage où Autumn, fidèle au poste, gardait un œil sur les clients qui allaient et venaient dans les chambres.

« Deux ou trois autres personnes se sont intéressées à la malle, annonça cette dernière, les yeux pétillants. Mais, ne vous en faites pas, elle est à vous !

— Oui ! Et j'en suis ravie. Je peux voir les autres chambres ? J'ai préféré descendre en entendant ce raffut tout à l'heure, ajouta-t-elle en faisant la moue.

— Allez-y ! » fit Autumn en s'abstenant de tout commentaire sur le remue-ménage engendré par le couple.

Dans la chambre d'amis, dotée d'un grand lit avec un édredon assorti aux rideaux, régnait une atmosphère accueillante. Une coiffeuse, deux chevets et un bureau blanc complétaient le mobilier. Tiens, un bureau, songea Regan. Je me suis toujours demandé pourquoi les gens en mettent un dans leur chambre d'amis. Leurs invités se contentent d'y poser leurs affaires, non ? Dans l'autre pièce – la chambre du fils d'Edna, sans aucun doute –, le dessus-de-lit était bleu marine. Sur les murs se trouvaient des photos encadrées des Beatles et des Rolling Stones, ainsi que le poster très connu d'un couple qui s'étreint au milieu de la foule dans un champ boueux à Woodstock.

Une femme aux cheveux gris entra, accompagnée de son mari. « Woodstock ! s'écria-t-elle. Tu te rappelles, chéri ? Je mourais d'envie d'y aller, mais mon père n'a rien voulu savoir ! J'étais inconsolable. Si seulement j'avais été majeure ! Je suis née six mois trop tard pour vivre ce moment historique. »

Son mari s'approcha de la photo. « Tu devrais t'estimer heureuse, répondit-il en faisant la grimace. Regarde un peu toute cette boue. »

Elle leva les yeux au ciel et fit un clin d'œil à Regan. Celle-ci lui sourit puis sortit. Les temps changent, songea-t-elle. Cette femme a l'air tellement classique. Difficile d'imaginer qu'elle avait rêvé d'assister à un concert de rock.

Regan retourna dans la chambre principale et regarda de nouveau la malle. Je suis contente de l'avoir réservée. Si Cleo veut la récupérer, je la lui donnerai.

Elle retourna dans le jardin. Heureusement, il restait pas mal de monde. Les filles s'affairaient à récupérer l'argent tandis que, près du portail, l'un des gardes contrôlait les sacs des gens qui partaient. Ceux qui essayaient de marchander s'entendaient invariablement répondre : « Voyez donc avec Jody. »

Tout à coup, elle le vit. Monsieur Mollusque, en personne ! Un aquarium posé à ses pieds et un bocal à poissons rouges dans chaque main – le tout probablement gagné à un stand de jeux dans une galerie marchande, des années plus tôt – il attendait pour payer. Je voudrais que Kit voie ça, pensa Regan. Elle ne m'a jamais raconté la fin de l'histoire. Espérant lui échapper, Regan fit demi-tour.

« Regan ? »

Raté ! pensa-t-elle en se retournant. « Hé Winston ! Bonjour ! dit-elle en s'avançant vers lui. Comment allez-vous ? »

Winston la toisa d'un air désapprobateur. Il était grand et mince et ses cheveux, décolorés par le soleil, retombaient sur son front. « Je sais bien que vous essayiez de m'éviter.

— Pas du tout.

— Oh que si ! Et votre amie ne m'a pas du tout apprécié. »

Décontenancée, Regan secoua la tête. « Non, elle vous a apprécié, Winston, j'en suis sûre.

— Si c'était le cas, elle m'aurait rappelé. Je lui ai laissé trois messages. Mais ça va. Je suis passé à autre chose.

— Je crois qu'elle n'était pas prête, vous savez, après cette histoire qui n'a pas marché... » Elle s'éclaircit la voix avant de changer de sujet : « Je vois que vous avez trouvé quelques petites choses.

— Oui oui. Je suis en congé cette semaine, alors bien sûr, je suis allé à la plage. J'ai vu l'avion qui annonçait le vide-grenier. Comme il faisait chaud, je me suis dit, pourquoi pas ? J'aurais bien acheté un objet ayant appartenu à Cleo Paradise pour ma sœur, mais c'est trop tard. Heureusement, j'ai trouvé ça, donc je n'ai pas fait le déplacement pour rien.

— Super ! fit Regan, un rien trop enthousiaste. Quel dommage pour votre sœur ! Mais vous savez, les gens qui étaient au début de la queue ont foncé droit sur les affaires de Cleo. Zoum !

— Premier arrivé, premier servi, comme dirait ma mère. Mais je ne vais pas lui dire que je suis venu, elle serait déçue d'apprendre que j'ai raté les affaires de Cleo. Et vous, on peut savoir ce que vous faites ici ?

— Eh bien, ma mère est une vieille amie de la famille, alors on s'est arrêtées en passant, dit Regan, consciente qu'elle avait donné la même réponse évasive quelques minutes plus tôt.

— Monsieur, interrompit l'une des jeunes filles employées par Jody, je peux vous aider ?

— Oui, s'il vous plaît. Regan, votre amie est un grossier personnage. Au revoir. »

Puis il tourna les talons.

« Au revoir », fit Regan, un peu surprise de cette rebuffade.

Je me sens affreusement coupable, pensa-t-elle en s'éloignant. Ce n'est pas évident de jouer les marieuses. La plupart du temps, ça ne marche pas. Elle regarda autour d'elle. Edna et ma mère doivent être derrière, se dit-elle. Tiens, qui sont ces deux hommes qui arrivent ? Ils n'ont pas l'air content.

Comme par réflexe, Regan s'approcha du portail. « Je suis l'imprésario de Cleo Paradise ! disait le plus vieux des deux à l'agent de sécurité. J'exige de voir la personne qui louait cette maison à ma cliente ! »

34

Lentement mais sûrement, Dirk remonta le sentier avec l'aide de Cleo, tout en essayant de ne pas trop s'appuyer sur elle.

« Vous êtes sûre que ça va ? lui demandait-il toutes les deux minutes. Je ne veux pas vous faire mal.

— Tout va bien. Vraiment. »

Quand ils arrivèrent enfin au chalet de Dirk, celui-ci prit ses clés dans la poche de son maillot de bain et ouvrit la porte. « Euh… cette marche est trop haute, dit-il. Je risque de vous faire tomber si je m'appuie sur vous pour sauter. »

Il s'assit sur le seuil et, sourd aux protestations de la jeune femme, se balança en arrière et pivota sur ses fesses pour faire passer ses jambes à l'intérieur. Cleo le saisit par le bras pour l'aider à se relever.

Le chalet de Dirk, plus grand que celui de Cleo, ressemblait davantage à une vraie maison. En contrebas, la pièce à vivre et la cuisine étaient de proportions agréables ; en rez-de-jardin se trouvaient un coin repas et une chambre. Il y avait une deuxième chambre en mezzanine, comme dans les autres cabanes.

« Ça va ? demanda Cleo, en soutenant Dirk qui se dirigeait clopin-clopant vers l'un des canapés disposés de part et d'autre de la cheminée.

— Je vais m'en remettre. Avec vous à mes côtés, comment pourrait-il en être autrement ? »

Il se laissa tomber sur le canapé en soupirant.

« Vous avez une poche de glace ?

— Non. Mais si vous mettez des glaçons dans un sac en plastique, ça fera l'affaire. »

Dans la cuisine ouverte, Cleo, épuisée et assoiffée, fut tentée de se servir un verre d'eau. Mais elle tenait à s'occuper de Dirk avant tout autre chose. Elle dénicha un sac dans un tiroir, le remplit de glace, l'enveloppa dans une serviette de toilette trouvée dans la salle de bains puis rejoignit Dirk, confortablement installé la tête en arrière, le pied sur la table basse.

« Comme infirmière, il y a mieux, s'excusa-t-elle.

— Merci, Connie », répondit-il en mettant la serviette sous son pied et la glace autour de sa cheville.

« Vous voulez de l'eau ?

— Ce serait super. Il y a une grande bouteille dans le réfrigérateur. »

Cleo revint avec deux verres d'eau. Elle avala le sien d'un trait.

Dirk sourit. « Vous aviez soif.

— J'aurais dû boire après mon jogging. Je crois que c'est pour ça que j'ai eu une crampe. »

Dirk repositionna la poche de glace. « J'espère que ce n'est pas une entorse, dit-il en gémissant.

— Vous voulez aller à l'hôpital ? Je peux vous y conduire.

— Non, pas maintenant. J'irai si ça s'aggrave. Je croise les doigts pour que la glace fasse effet. »

Cleo ne savait pas quoi faire : l'idée de rester avec Dirk la mettait mal à l'aise, mais elle ne voulait pas non plus l'abandonner. Son dilemme ne s'arrêtait pas là. Elle avait peur de s'enfermer dans son chalet, mais elle n'avait pas la moindre envie de faire ses bagages et trouver un autre endroit où aller.

Dirk, la tête appuyée sur le dossier du canapé, semblait souffrir. « Vous voulez sûrement dormir un peu, je vais vous laisser, proposa Cleo.

— Non, dit-il en lui touchant la main. Restez, s'il vous plaît. »

Puis il ferma les yeux.

« D'accord », répondit-elle. Elle posa son verre sur un dessous-de-bouteille sur la table. Je suis tellement fatiguée, pensa-t-elle en se laissant aller en arrière dans le canapé. Je devrais peut-être fermer les yeux moi aussi, rien qu'une minute. Mais elle se ravisa bientôt : la crosse d'un fusil dépassait de sous le canapé.

35

« Je suis les cours d'un professeur fabuleux à Los Angeles, dit April à son compagnon de table, tandis que le serveur débarrassait leurs assiettes. J'ai beaucoup progressé dans mon jeu d'actrice depuis que je travaille avec lui. C'est incroyable. Même quand je ne suis pas sur scène, j'apprends. Les critiques qu'il fait aux autres comédiens sont très utiles. Je bois littéralement ses paroles ! » Dans un geste théâtral calculé, la jeune femme posa ses mains sur son chemisier, juste au-dessus de son décolleté avant de se pencher.

« Vous savez ce qu'il m'a dit la première fois qu'il m'a vue jouer ?

— Je suis tout ouïe.

— Que sur scène, j'irradie.

— Vraiment.

— Je vous assure ! Et quand j'ai joué une deuxième scène, il a dit qu'il était épaté par ma capacité à passer d'un registre à un autre. Du drame à la comédie. J'adore les deux ! »

Sandy Stewart, la cinquantaine, jeta un œil sur sa Rolex : il avait un rendez-vous une demi-heure plus tard. Il avait accepté de déjeuner avec April Dockton pour faire plaisir à un ami producteur. Elle était certes séduisante, mais prête à tout pour arriver à ses fins – ce qui ne lui plaisait guère. « C'est merveilleux, dit-il en sortant son portefeuille.

— C'est pour moi, fit-elle en lui touchant la main. Il faut absolument que vous preniez un dessert avant d'y aller ! J'insiste. La tarte aux pommes est à tomber par terre. Ils la servent avec de la glace à la cannelle maison. »

Sandy, qui commençait à se dégarnir, se tapota la tête. « Je perds ce que je voudrais garder. Et je prends là où je voudrais perdre, poursuivit-il en montrant son ventre. Pas de dessert. Surtout pas de glace.

— Ils ont des sorbets peu caloriques.

— Non merci. Il faut vraiment que j'y aille. J'ai une réunion.

— En rapport avec votre film ? »

Sandy fit un geste au serveur. « L'addition, s'il vous plaît. » Puis, se tournant vers April. « Oui, en rapport avec le film. Je vois le directeur de casting. Nous devons définir le profil des acteurs que nous cherchons. Maintenant que nous avons un scénario qui se tient...

— Il est génial, à ce qu'il paraît.

— Nous l'espérons », répondit Sandy en haussant les épaules.

Le serveur se dirigeait vers eux avec une petite pochette en cuir. Sandy lui tendit sa carte de crédit. « Tenez. Merci.

— Mais enfin ! protesta April. Je tenais à vous inviter aujourd'hui.

— Je vous en prie. Je vous souhaite bonne chance dans votre carrière... »

April, plus actrice que jamais, l'interrompit sans se départir de son sourire : « Mon prof dit qu'il faut savoir se mettre en avant si on veut réussir dans le métier. Mon petit doigt m'a dit qu'il y avait un rôle formidable pour une actrice dans mon genre dans votre film.

— C'est vrai.

— Super ! répondit-elle en priant pour que son rire ne sonne pas faux. Je suis prête à faire un essai.

— Écoutez, ma jolie, dit-il en posant sa main sur la sienne. Je sais à quel point c'est difficile. Mais ce n'est pas évident pour nous non plus. Le but du jeu, c'est de faire en sorte que les gens se déplacent. Un bon scénario, c'est essentiel, mais le plus important pour nous, c'est de prendre des acteurs connus. Des acteurs que les gens ont envie de voir. S'il y avait un petit rôle pour vous, je vous embaucherais. Mais ce n'est pas le cas. Peut-être la prochaine fois. »

Le serveur revint avec le reçu. Sandy y griffonna son nom, récupéra sa carte puis referma la pochette en cuir d'un geste sec – tel un juge qui, d'un coup de marteau, rend une fin de non-recevoir, songea April.

« Je comprends, dit-elle, en essayant de garder la tête haute. Un jour, vous me supplierez de jouer dans un de vos films.

— Je vois que vous prenez bien la chose !

— J'ai une question à vous poser.

— Je vous écoute, répondit Sandy tout en reculant sa chaise.

— À qui comptez-vous confier le rôle ?

— Nous avons quelques noms en tête. Je ne devrais probablement pas vous…

— Oh, je vous en prie, fit April sur un ton enjôleur. Je veux savoir – qui sont mes rivales ?

— Personnellement, commença-t-il avec un grand sourire, j'ai un faible pour Cleo Paradise. Ce fut un plaisir de vous rencontrer, poursuivit-il en lui serrant la main. Je dois y aller. Si vous décrochez quelque chose, n'hésitez pas à me le dire, que je vous voie à l'œuvre. »

Il tourna les talons et sortit du restaurant comme une flèche.

36

Les plages du littoral du New Jersey étaient prises d'assaut. À une quinzaine de kilomètres au sud de la villa d'Edna, à Seaside Heights, Rufus « Goofy » Spells, sa femme Monique et leurs trois garçons marchaient péniblement dans le sable chaud, à la recherche d'une place libre le plus près possible de l'eau.

« Youpi ! » s'écria le plus jeune des garçons quand la famille se posa enfin. Il laissa tomber sa serviette et envoya valser ses chaussures. « Je vais me baigner !

— Moi aussi, firent ses deux frères en chœur.

— On ne met pas de crème solaire, les garçons ? demanda leur père en posant un grand parasol sur le sable.

— C'est fait, répondit Monique qui suçait un de ses bonbons acidulés préférés. Tu sais, pendant que toi, tu t'excitais sur le klaxon dans la voiture.

— J'avais vraiment envie qu'on bouge, grommela Goofy. On avait prévu d'aller à la plage à dix heures ce matin. Évidemment, ça aurait été trop beau. »

Il commença à enfoncer le piquet du parasol dans le sable.

« Tu veux que je t'aide ? » proposa Monique, sans conviction. Elle posa son sac de plage, enleva son chemisier et rajusta les bretelles de son bikini.

« Non. Surveille les enfants. Ne les laisse pas aller trop loin.

— Compte sur moi », répondit-elle en inspectant ses marques de bronzage.

Puis elle s'éloigna.

Non sans effort, Goofy enfonça le piquet dans le sable puis le lâcha, priant pour qu'il ne tombe pas. Rassuré, il tourna la manivelle et regarda le parasol s'ouvrir lentement. À peine avait-il étalé sa serviette que le parasol se referma, provoquant les ricanements d'un groupe d'adolescents installés à côté. Muni de son téléphone portable, l'un d'entre eux filmait discrètement la scène.

La langue aux coins des lèvres – une de ses petites manies –, Goofy actionna de nouveau la manivelle et prêta l'oreille. Il entendit bientôt le clic signalant que le cran de sécurité était enclenché. Soulagé, il s'affala sur sa serviette.

Quel mois ! songea-t-il en cherchant la crème solaire dans le sac.

D'ordinaire, rendre visite aux parents de Monique dans leur maison en bord de mer était plutôt agréable. Mais cette année, il y avait aussi son oncle, sa tante et sa cousine – elle passait son temps à se plaindre, celle-là. Trop de monde et trop de bruit. Goofy finit par trouver le lait, au milieu des affaires de Monique – peigne, maquillage, bonbons, bouteilles d'eau. Le flacon, chaud et gras, lui glissa des mains. C'est pas vrai, se dit-il, rageur. Elle ne peut pas être plus soigneuse ? Il finit par ouvrir le flacon mais, au moment où il appuya dessus, le capuchon tomba et la crème se répandit sur sa jambe et sa serviette, sans qu'il puisse faire quoi que ce soit.

Les affreux gamins se remirent à rire – sans se cacher, cette fois. Goofy les ignora. Il jeta le flacon dans le sable et se laissa aller en arrière, en appui sur les coudes. Ses fils s'amusaient dans l'eau comme des petits fous. Bruns et mats de peau, tous trois tenaient de leur mère. Goofy, lui, avait le teint pâle et pour peu qu'il reste près d'une fenêtre, il devenait tout rouge. Au moins, les petits s'éclatent, pensa-t-il. Bien plus que moi à leur âge.

Trente ans plus tôt, alors que Goofy était au cours préparatoire, ses camarades de classe avaient eu l'idée de ce surnom. Rufus Spells était devenu Goofy Spells. Pourquoi pas ? s'était-il dit. Après tout, Goofy, ça sonnait mieux que Rufus. Et, comme il était un rien maladroit, c'était resté. Il s'en était d'ailleurs accommodé… jusqu'à ce que Cleo Paradise décide de l'imiter dans ce film à la noix. Rien que d'y penser, il bouillait de rage. Non seulement elle l'avait fait passer pour un guignol, mais en plus, on l'avait de nouveau rebaptisé. Il était à présent Goofy d'amour.

Quel culot d'avoir imité ma démarche, mes tics, ma façon de tirer la langue quand je m'applique. Elle a beau être toute petite, elle a réussi à marcher exactement comme moi. Je suis tellement gauche. Quand le film était sorti, tous ceux qui connaissaient Goofy avaient compris qu'elle s'était inspirée de lui. Après tout, il était le concierge de l'immeuble où elle vivait à Los Angeles.

Je n'aurais jamais dû être sympa avec elle. Je me suis mis en quatre pour l'aider. Quand sa baignoire a débordé ; quand son store est tombé ; quand elle a eu besoin de quelqu'un pour fixer un miroir ; quand son alarme d'incendie s'est déclenchée et qu'il a fallu changer les piles. Et elle, pour me remercier, elle me fait passer pour le dernier des abrutis. Je lui parle de cet endroit magnifique, je lui dis que mes gamins adorent rendre visite à leurs grands-parents chaque été, et madame décide de louer une maison dans le coin. Et puis quoi, encore ? J'en ai marre de toi, Cleo. Tu t'es servie de moi. Tu as fait de ma vie un enfer.

Il s'allongea sur sa serviette pleine de gras et ferma les yeux. Les bruits ambiants l'apaisaient : les vagues, les cris des enfants, même le sifflet du maître nageur. Essaie de te détendre. On sera bientôt rentrés à la maison. Tu n'auras plus à supporter la famille de Monique. Pas avant l'été prochain.

Il était sur le point de s'endormir, les mouettes virevoltaient dans le ciel, tout était si paisible…

« Goofy ! » s'écria Monique.

Il se redressa brusquement. « Quoi ? Qu'est-ce qui se passe ? Où sont les enfants ? Ils vont bien ? » demanda-t-il tandis qu'il se levait, glissait, retombait en arrière, se relevait.

Il courut enfin vers elle.

« Oui, mais regarde ! Là-haut ! » fit-elle, essoufflée, les cheveux ruisselants. Au-dessus de leurs têtes, un avion à bannière publicitaire annonçait un vide-grenier. Un vide-grenier avec les affaires de Cleo Paradise. « Tu savais que Cleo était dans le coin ? demanda Monique sur un ton accusateur.

— Non.

— Tu en es sûr ?

— Oui, j'en suis sûr. Tu es devenue folle ou quoi ?

— Ça crève les yeux que tu lui plais. Elle n'a pas arrêté de te demander des services. Goofy, j'ai besoin de ci, j'ai besoin de ça. Elle n'était même pas fichue de changer une ampoule toute seule.

— Que je lui plais ? Elle s'est bien payé ma tête dans ce film. En plus, elle m'a toujours donné un pourboire quand je l'ai dépannée. Tu le sais très bien.

— Je te l'ai dit ; tu passais beaucoup trop de temps avec elle.

— Ce n'est pas vrai !

— Je suis convaincue qu'en ton for intérieur, tu n'es pas mécontent d'être au centre de l'attention depuis la sortie de ce film. Tu prétends le contraire, mais je ne te crois pas. Ce n'était pas bien méchant, d'ailleurs. Son jeu était plutôt mignon et drôle.

— Je déteste toute cette publicité ! ronchonna Goofy. J'en ai plein le dos ! C'est comme ça depuis que je suis petit ; je n'en peux plus ! »

La tête lui tournait. Je ne peux pas supporter Cleo, et ma femme s'imagine que c'est ma maîtresse. Il ne manquait plus que ça.

Monique lui lança un regard noir. « Depuis qu'on est ici, chaque fois que tu es allé chercher une glace, tu as mis un temps fou.

— Ça, c'est parce que ta famille me rend dingue, répondit-il en pointant son index vers elle. J'avais besoin d'air ! Je voulais manger ma glace en paix. Tu ne vois pas que je suis hyperstressé ? Tu ne vois pas ?

— Tu n'as pas été toi-même ce mois-ci. Je ne mérite pas ça. Quant à ma famille, ce sont des gens bien, Goofy. Des gens bien. De ton côté, ils sont tous cinglés. Et on les voit tout le temps à Los Angeles.

— On les voit, c'est vrai, mais on ne vit pas sous

le même toit. Si ta cousine s'amuse encore à taper à la porte quand je prends ma douche, rien qu'une fois...

— Je te l'ai dit ! Il faut prendre des douches moins longues. On est à court d'eau chaude tous les jours à cause de toi. »

Goofy se prit la tête entre les mains. Je n'en peux plus, pensa-t-il. Tout ça, c'est la faute de Cleo Paradise. « Je vais te laisser tranquille, va ! Vous n'aurez plus de problèmes d'eau chaude ! » Il fonça jusqu'à leurs affaires.

Le parasol était tombé.

Goofy n'y prêta guère attention. Il prit ses chaussures et sa chemise et partit sans se retourner.

37

« Hé, mecs, du calme », dit le gros agent de sécurité aux deux hommes qui venaient d'arriver devant chez Edna. « On ne s'énerve pas. »

Regan s'approcha. L'imprésario de Cleo ? se demanda-t-elle. Avec sa veste miteuse et ses cheveux en bataille, il n'a pas vraiment le look d'un type qui représente une actrice nominée aux Oscars. Quant à l'autre, je l'imagine assez mal dans le monde de Cleo. « Je ne suis pas sûre d'avoir bien entendu. Vous êtes l'agent de Cleo Paradise ? »

Le plus âgé se tourna vers elle d'un air outré. « Oui, madame, fit-il en bombant le torse. Ronald Flake, fondateur et président de l'agence Flake. Sans moi, Cleo Paradise ne serait arrivée à rien.

— Pigé ? marmonna l'autre. À rien.

— Voici mon fils, Horace, qui m'accompagne dans les situations de première importance. Cleo ne répond pas à mes coups de fil. Elle ne se cache pas ici, quand même ?

— Non, répondit Regan.

— C'est votre maison ?

— Non.

— Où est la propriétaire ? J'ai deux ou trois questions à lui poser. »

Et moi, c'est à toi que je poserais bien deux ou trois questions, pensa Regan. « Mrs Frawley est derrière. » Elle se présenta, sans préciser son métier, et poursuivit : « Ma mère est une amie de la famille. Elles sont ensemble dans le jardin. Suivez-moi.

— Très bien », répondit Ronald, sur le ton formel d'un dignitaire en visite officielle.

Les clients, bien trop occupés à inspecter le bric-à-brac qui jonchait la pelouse, ne semblèrent pas prêter attention à l'arrivée tapageuse des Flake.

Ronald et Horace passèrent le portail en saluant le garde et emboîtèrent le pas à Regan.

« Attends, papa ! s'écria Horace.

— Quoi ? demanda Ronald avec impatience.

— Regarde ! Des tapis en caoutchouc ! Un porte-gobelet ! Je les prendrais bien pour ma voiture !

— C'est pas le moment ! »

Pauvre Cleo ! pensa Regan. Ces deux-là sont censés protéger ses intérêts ? Pas étonnant qu'elle ne réponde pas au téléphone !

Tous trois longèrent la maison. Derrière, tout au fond du jardin, se trouvait le garage ; plus à droite, la cabine de la piscine puis le petit pavillon, où Nora et Edna étaient installées.

« La première fois que j'ai vu *La Mélodie du bonheur*, j'ai dit à mon mari qu'il me fallait absolument un pavillon de jardin, racontait Edna. Nous sommes allés en acheter un dès le lendemain.

— J'ai déjà entendu cette histoire, répondit Nora poliment.

— Ce que Karen ne vous a sûrement jamais dit, poursuivit Edna en gloussant, c'est qu'elle venait danser ici en fredonnant cette chanson, *Sixteen Going on Seventeen.* Vous voyez de laquelle je parle ? »

Karen l'étranglerait si elle l'entendait, songea Nora. « Bien sûr, c'est une scène superbe dans le film ! La fille aînée des Von Trapp et son petit ami chantent ensemble dans le pavillon de jardin, il se met à pleuvoir…

— Exactement ! Karen était adorable ! Elle dansait et chantait, espérant qu'un jour elle vivrait la même chose avec un amoureux qui prendrait soin d'elle ! dit Edna en levant les yeux au ciel. Et qui est le premier garçon qu'elle a ramené ici ? Fish ! En voilà un qui portait bien son nom ! Il n'y avait pas de quoi pavoiser, c'est moi qui vous le dis ! Oh, voilà Regan… »

Edna se leva à l'approche de Regan et de deux hommes qui restaient un peu en retrait. Ils n'ont pas l'air très courtois, pensa-t-elle, mais c'est toujours agréable d'avoir des hommes autour de soi.

Ronnie Flake remarqua la présence incongrue d'un ballon qui flottait sur la surface bleue scintillante de la piscine. De plus en plus crispé, il embrassa le décor du regard : la végétation luxuriante, les fleurs aux couleurs vives, la cour qui retrouverait tout son cachet, une fois débarrassée de tout ce bric-à-brac et des acheteurs.

« Cleo n'aurait jamais pu louer une telle maison sans toi, papa, commenta Horace à voix basse. Elle n'avait pas deux sous en poche quand tu l'as rencontrée.

— M'en parle pas. Quand je pense que ta mère et moi, on n'est même pas partis en vacances cette année pour mettre un peu d'argent de côté. Elle aurait adoré venir passer une journée ici. S'asseoir sous ce truc, là, comme les deux dames, à siroter une bière.

— Ça s'appelle un pavillon de jardin, lui dit son fils.

— Mais qui voilà ? demanda Edna tandis que les deux hommes contournaient le plongeoir.

— Je vous présente Ronald Flake, et son fils Horace, déclara Regan. Ronald est l'agent de Cleo.

— Oh, vraiment ? » fit Edna en lui serrant la main.

Aïe, se dit-elle. Il est peut-être là pour récupérer ses affaires. C'est trop tard ; tout est vendu.

« Parfaitement. J'ai à vous parler.

— Asseyez-vous, je vous en prie. Mettez-vous à l'aise. Un peu d'eau ? proposa-t-elle en montrant la cruche et les verres posés sur une petite table en osier devant elle. Il fait tellement chaud aujourd'hui.

— Non merci. Je ne suis pas là pour m'amuser », rétorqua Ronald en se donnant des airs.

Nora se tourna vers sa fille. « S'il s'agit d'une affaire privée…

— Non ! s'écria Edna. Restez ! Installez-vous. »

Nora se figea devant les protestations d'Edna et le regard de Regan.

Ouf, pensa Regan en prenant place près de Horace, qui arborait des auréoles de sueur sur une chemise en nylon à manches courtes, des mocassins complètement usés et un pantalon blanc de mauvaise qualité taché de café. En effet ! se dit-elle. Il aurait bien besoin de ce porte-gobelet.

« Où est ma cliente ? » demanda Ronald sur un ton désagréable.

Le sourire accueillant d'Edna disparut aussitôt. « Comment pourrais-je le savoir ? répondit-elle avec dédain.

— Elle louait votre maison, que je sache ! » lança Horace, comme si c'était une raison suffisante pour qu'Edna se tienne informée des faits et gestes de Cleo.

« Oui, et elle est partie.

— Pour faire un film, d'après ce que vous avez dit, poursuivit-il sur un ton accusateur.

— Moi, je n'ai rien dit du tout. C'est Cleo qui l'a écrit dans le mot qu'elle m'a laissé. Je n'en sais pas plus. »

Horace se leva et s'avança vers elle, le doigt levé. « Écoutez-moi bien, ma p'tite dame. Cleo ne répond pas aux coups de fil de mon père. Elle n'a pas le droit de signer quoi que ce soit sans son accord. Vous savez très bien où elle est, alors maintenant, vous allez nous le dire.

— Horace, fit Regan en s'avançant vers lui. Vous feriez mieux de…

— De quoi ? » vociféra-t-il en envoyant valser la cruche et les verres par mégarde.

Edna leva les pieds en poussant un cri.

« De quitter les lieux ! » hurla Regan tandis que l'agent de sécurité préposé à l'arrière de la maison accourait, talonné par son collègue, censé monter la garde au portail.

Tous deux prirent les Flake par la peau du cou et les escortèrent jusqu'à la sortie en dépit de leurs protestations.

Les trois femmes les suivirent et regardèrent les Flake se faire jeter dehors.

« Eh bien, dit Edna hors d'haleine. Au moins, j'en ai eu pour mon argent en faisant appel à ces deux agents ! Ils sont adorables, n'est-ce pas ? »

38

Dans les bureaux du village de cabanes en bois, Gordy était un peu déprimé. Déprimé et jaloux car, après tout, c'était lui qui avait trouvé le maillot de bain de Miss Long et pris l'initiative de le lui rapporter. Lui encore qui l'avait accroché sur le fil à linge après avoir toqué à sa porte, en vain. Pourtant, Dirk lui avait demandé de ne pas s'en vanter. Elle ne saura jamais ce que j'ai fait pour elle, pensa Gordy. J'aurais dû lui laisser un petit mot. Elle a dû être drôlement surprise.

Maintenant, elle barbote dans le lac avec Dirk. Pourquoi je n'ai pas été plus prévenant quand elle est arrivée samedi matin ? Il était tôt, j'étais fatigué, j'avais quelqu'un en ligne. Un des gardes l'a conduite à son chalet en voiture électrique, et depuis, je ne l'ai pas revue. Pour autant que je sache, elle n'a pas mis le nez dehors. Sauf bien sûr quand j'essaie de faire ma B.A. en espérant la voir. C'est pile à ce moment-là que mademoiselle va faire son jogging.

Gordy n'avait pas pu s'empêcher de regarder par la fenêtre lorsque Miss Long s'était éloignée en compagnie de Dirk. Elle est sacrément jolie, pensa-t-il. Et plus près de mon âge que du sien. Elle doit avoir vingt-deux ou vingt-trois ans, pas plus. Moi j'en ai dix-sept, alors que lui, il a déjà trente-deux balais. Trop vieux pour elle. Gordy, qui travaillait dans le camp depuis le début de l'été, n'avait pas vu son patron sortir avec beaucoup de filles, mais de toute évidence, il s'était entiché de Miss Long.

Quel imbécile je fais, se dit-il. Ce matin, elle ne m'a pas ouvert parce qu'elle était en petite tenue, mais elle a été adorable. Quand je pense que je lui ai dit que ça me rappelait ma mère qui ne voulait pas qu'on la voie avec ses bigoudis ! Tu parles d'un crétin ! Elle doit me prendre pour un gros ringard.

Dépité, Gordy jeta un œil à la pendule. Il rejoindrait bientôt le centre de loisirs pour enfants défavorisés où il faisait du bénévolat le jeudi après-midi. Comme d'autres jeunes de son âge, il s'y rendait une fois par semaine pour jouer au base-ball avec les enfants, dîner avec eux et participer à une veillée autour d'un feu de camp. Les gamins adoraient ces nocturnes – organisées le jeudi uniquement – qu'ils passaient à chanter et à raconter des histoires, avant de rentrer chez eux à vingt et une heures. Parfois, Gordy apportait son ordinateur pour leur apprendre à se servir d'un moteur de recherches. C'était un fana des nouvelles technologies – ce qu'il assumait parfaitement, malgré les taquineries permanentes de sa mère. *Gordy*, lui disait-elle, *quand j'avais ton âge, on n'avait qu'un téléphone – un fixe. Le double appel ou le numéro qui s'affiche, ça n'existait pas. Et si ta tante Jessie passait la soirée en ligne, à papoter avec son chéri, personne ne pouvait nous joindre. On n'avait ni ordinateurs, ni téléphones portables... Ce n'était pas le même monde.*

Ça devait être horrible, se disait Gordy. Dès qu'un nouveau gadget sortait sur le marché, il fonçait se l'acheter. Avec l'argent qu'il avait durement gagné.

Il ne faut pas que je tarde, pensa-t-il. Mais il ne pouvait pas partir sans saluer le patron – il l'aurait pris comme un affront. C'était son petit côté bizarre.

Comme Dirk n'était pas revenu, Gordy décida de s'adresser à la secrétaire qui travaillait dans le bureau du fond. « Mrs Briggs ?

— Oui, Gordy.

— Il faut que j'y aille. C'est jeudi aujourd'hui.

— Je sais bien, mon grand.

— Dirk n'est pas rentré. Vous croyez que je peux partir quand même ?

— Pourquoi tu ne l'appelles pas ?

— Il est au lac.

— Je sais bien, mon grand. Mais s'il n'est pas *dans* le lac, il répondra.

— Bon. »

Gordy composa le numéro de son patron.

Ce dernier répondit au bout de deux sonneries.

« Dirk ?

— Oui, Gordy.

— Je dois filer. Je voulais juste vous prévenir.

— Okay, pas de problème. Il m'est arrivé une petite mésaventure.

— Quel genre de mésaventure ?

— Je crois que je me suis foulé la cheville. Miss Long m'a aidé à rentrer chez moi.

— Vous êtes chez vous avec Miss Long ? » demanda Gordy d'une voix étranglée – réaction qu'il regretta aussitôt.

« Oui. Elle m'a préparé une poche de glace. Si ça ne désenfle pas rapidement, elle me conduira à l'hôpital.

— Mince alors ! J'espère que ce n'est pas une entorse, sinon, il vous faudra des béquilles. »

Mais, en son for intérieur, il s'en réjouissait d'avance. Finies, les petites baignades avec Miss Long !

« Ce n'est pas trop grave. Je me déplacerai en voiture électrique. On verra bien. Dites à Mrs Briggs où elle peut me joindre en cas de besoin.

— D'accord. À demain. »

Voilà que Miss Long joue les infirmières avec Dirk ! C'est franchement injuste ! Gordy ramassa son sac à dos, informa Mrs Briggs de la situation et sortit.

Je trouve son maillot de bain, je le lui rapporte, et c'est de Dirk qu'elle s'occupe ! maugréa-t-il *in petto* en arrivant à sa voiture. Celle de Miss Long se trouvait juste à côté. Un si petit bout de femme dans un si gros 4 × 4, pensa-t-il en prenant ses clés. Qui a fait toute la route depuis Los Angeles. Tiens, son pneu avant ne serait pas un peu sous-gonflé ? Il s'accroupit pour vérifier. Non, ça va. Dommage. Puis il jeta un œil sous la calandre. Elle a peut-être fait tomber autre chose, se dit-il. Auquel cas, il lui rapporterait ladite chose en personne, cette fois !

Mais il n'y avait rien d'autre que de l'herbe. Tandis qu'il s'apprêtait à se relever, il remarqua quelque chose sous le pare-chocs. Il regarda de plus près. Un dispositif de localisation GPS ! Incroyable ! Elle est au courant, la demoiselle ? Peut-être, après tout, il y a des gens qui en achètent au cas où on leur volerait leur voiture. Ou alors, c'est un petit ami jaloux qui l'a installé. Si c'est le cas, Dirk ferait mieux de se méfier.

Gordy se leva et monta dans sa voiture. Est-ce que

je dois lui en parler ? Non. Si elle est au courant, elle se demandera ce que je fabriquais sous sa bagnole. Elle a traversé tout le pays pour venir jusqu'ici. Sa famille lui a peut-être demandé de mettre ce machin histoire de savoir où elle se trouve. Au cas où ils n'auraient pas de nouvelles. C'est sûrement ça. Elle est tellement adorable. Ils doivent s'inquiéter pour elle.

Sans compter que, si je m'en mêlais, Dirk serait furieux.

En sortant du parking, Gordy laissa échapper un long soupir. Je l'ai laissée me filer entre les doigts.

39

Cleo n'avait qu'une envie : prendre ses jambes à son cou. Mais le téléphone de Dirk se mit à sonner. Il ouvrit les yeux et décrocha. Qu'est-ce que je vais faire ? se demanda-t-elle, tendue. Ce n'est pas parce qu'il a un fusil que c'est un tueur fou. Il l'a peut-être acheté pour se défendre. Remarque, un fusil... Dès qu'il raccroche, je lui dis qu'il faut que j'aille travailler. Après tout, il croit que j'écris un livre sur la méditation. En ce moment précis, j'aurais bien besoin d'un ou deux tuyaux pour trouver la paix intérieure, moi. Je suis à bout de nerfs.

Cleo tâchait de ne pas regarder le fusil qui dépassait de sous le canapé. J'ai d'autres choses à penser, songea-t-elle, le cœur battant. Comment mon maillot de bain a atterri sur cette corde à linge ? Quelqu'un m'a suivie jusqu'ici ? Où se cache-t-il ? Dans les bois, en attendant le moment propice pour me tuer ? Je vais retourner à ma cabane, faire ma valise et filer direct jusqu'à New York. Une fois là-bas, je descendrai dans un hôtel plein de monde ; je me sentirai davantage en sécurité. Hors de question de rester seule.

Dirk finit par raccrocher. « Gordy s'en va, annonça-t-il. C'est un chouette garçon, mais je préfère surveiller ce qu'il fait de temps en temps. Il est tellement jeune.

— Il est très gentil. Bon, il faut que j'y aille », dit Cleo en se levant.

Le visage de Dirk s'assombrit. « Pourquoi ?

— Je dois me mettre au travail. Bien sûr, je peux vous conduire à l'hôpital d'abord si vous…

— Non, fit Dick en repositionnant la poche de glace. L'attente peut durer des heures aux urgences. Si ça s'aggrave, je trouverai quelqu'un d'autre pour m'y emmener. » Il la regarda dans les yeux. « Et votre tête, comment ça va ?

— Bien. Je vais parfaitement bien.

— Vous êtes sûre que vous ne voulez pas rester un peu ? On pourrait écouter la musique, regarder la télé – se détendre, tout simplement.

— Non, vraiment, merci. »

Dirk fronça les sourcils. « Vous changez d'avis comme de chemise, vous ! Je ne suis pas sûr de comprendre, mais c'est vous qui voyez. »

Il joignit les mains et baissa les yeux d'un air attristé.

« Bon. Si vous avez besoin de quoi que ce soit, dites-le-moi, dit Cleo en se dirigeant tout droit vers la porte.

— Ohhhh, Miss Connie ! Je sais ce qui vous fait fuir ! »

Ça m'étonnerait, répondit-elle *in petto*, la main sur la poignée.

« C'est un faux ! le fusil, c'est un faux, je vous le jure ! »

Cleo se raidit sur place.

« Je le pose sur l'autre canapé ; vérifiez vous-même,

Connie ! La dernière chose dont j'ai envie, c'est que vous me preniez pour… »

Cleo tourna la tête au moment où le fusil atterrit sur le canapé, le canon pointé dans sa direction. « J'ai passé quelque temps dans l'Ouest, à travailler dans un ranch, expliqua Dirk, les yeux pétillants de malice. Quand j'en suis parti, mes amis m'ont offert ce fusil pour blaguer. Regardez ! C'est un faux. Il y a mon prénom dessus, et le mot *Ponderosa* – le nom du ranch dans *Bonanza*. J'adorais cette série. Vous l'avez déjà regardée ?

— En rediffusion, oui. »

Dirk éclata de rire. « Évidemment, en rediffusion ! Moi aussi, figurez-vous ! On est tous les deux trop jeunes pour l'avoir vue la première fois qu'elle est passée à la télé ! »

Cleo ne put s'empêcher de rire avec lui.

« Je mets le fusil sous le canapé parce que les gens ont la trouille quand ils le voient. Comme vous.

— Je n'ai pas eu peur. »

Le portable de Dirk sonna de nouveau. « C'est ma mère, dit-il avant de décrocher. Bonjour, maman… Ah. Tu es déjà au courant. C'est Mrs Briggs qui t'a appelée, hein ? » Dirk fit un clin d'œil à Cleo. « Je vais bien… Oui, vraiment… Il se trouve qu'il y a là une jeune fille ravissante qui s'occupe de moi… Ah, ça aussi, tu le sais déjà ?… Elle a failli partir parce qu'elle a vu le fusil que les gars du ranch m'ont offert. Je sais que je devrais m'en débarrasser… Oui, bien sûr, je te la passe. » Un sourire jusqu'aux oreilles, Dirk tendit le combiné à Cleo. « Elle veut vous dire bonjour.

— Ah bon ? » s'étonna-t-elle. Puis, à la mère de Dirk : « Bonjour. Connie à l'appareil.

— Connie, ne laissez pas mon fils vous faire peur. Je lui ai pourtant dit mille fois de jeter ce fichu jouet… Comment va sa cheville ?

— Elle est très enflée.

— Oh, mon Dieu ! Eh bien, je vous remercie de prendre soin de lui.

— Je vous en prie. Avec un peu de chance, ça va désenfler avec la glace… Je suis certaine qu'il vous appellera si ce n'est pas le cas… Bien, ça m'a fait plaisir de vous parler… Au revoir, conclut Cleo avant de rendre le combiné à Dirk d'un air amusé.

— Okay, maman, ça va aller. De toute façon, Mrs Briggs te tient informée de tout, non ? Oui, je t'appelle si ça s'aggrave… Promis… À plus tard… Moi aussi, je t'aime, maman. » Il posa son portable sur la table et esquissa un sourire. « Nous sommes très proches. Comme vous pouvez le constater, ma mère est au courant de tout ce que je fais, ou presque, ajouta-t-il en levant les yeux au ciel. Mais ça me va ! Mes parents vivent à une heure d'ici. Je leur rends souvent visite.

— Vous avez de la chance. Les miens n'arrêtent pas de voyager ; je les vois très peu.

— Vous avez des frères et sœurs ?

— Non.

— Pas de famille autour de vous ? Ça ne doit pas être facile.

— On se sent seul, parfois, répondit Cleo en haussant les épaules.

— Moi, il m'arrive de me sentir seul même quand je suis avec eux. Mais vous devez être habituée à la solitude. Vous aimez ça, non ? Vous avez à peine mis le nez dehors depuis que vous êtes arrivée.

— Je vous ai dit que j'avais du travail.

— Connie ?

— Oui ?

— Vous êtes très mystérieuse.

— Qu'est-ce qui vous fait dire ça ? Le fait que je travaille dur ? D'aucuns diraient que je suis disciplinée ! » fit Cleo sur un ton badin.

Dirk la regarda droit dans les yeux. « Vous m'intriguez beaucoup, ma p'tite dame ! Vous me plaisez, aussi !

— Mince alors !

— Je ne sais pas pour vous, mais moi, je commence à avoir faim.

— Moi aussi.

— Ça vous ennuie de nous préparer quelque chose ? Le réfrigérateur est plein.

— Okay ! Pourquoi pas ? »

Dirk se mit à rire. « Quand je pense que vous avez eu peur de moi !

— Pas du tout ! » protesta Cleo en y mettant tous ses talents d'actrice. « Vous ne me faites pas peur du tout ! » répéta-t-elle en riant.

Je me sens en sécurité avec vous, pensa-t-elle. Et ce qui m'effraie, j'essaie précisément de ne pas y penser.

Dans la cuisine, Cleo commença à farfouiller dans le réfrigérateur.

« Vous en mettez du temps ! dit Dirk.

— Oh, mettez-la un peu en veilleuse ! »

Bon, ça suffit, se dit-elle d'un air heureux. Vis le moment présent. Il n'y a aucune raison d'avoir peur.

Mais il était trop tôt pour se laisser aller à l'insouciance...

40

C'est parti, songea Scott en s'arrêtant devant la guérite de surveillance à l'entrée de la communauté fermée où vivait le couple qu'il avait rencontré la veille avec Jillian.

Le garde baissa la vitre. « C'est pour quoi ? demanda-t-il sur un ton quelque peu hostile.

— Bonjour, répondit Scott gaiement avant de se présenter. J'ai rendez-vous avec les Binder.

— Ils vous attendent. » L'homme appuya sur un bouton. Le portail commença à s'ouvrir. « Prenez à droite et continuez tout droit. Dépassez Oakley Way. Vous verrez leur maison un peu plus loin à main gauche.

— Merci bien, monsieur ! »

En piste ! se dit-il. C'était précisément ce que Hayley disait à ses employés au début de chaque évènement qu'elle organisait. *En piste, tout le monde !* J'espère que tout va se dérouler comme prévu, songea-t-il en démarrant. Comme ça, je pourrai la voir samedi. On passe de tellement bons moments.

Dans le lotissement où les maisons à touche-touche

étaient identiques – de charmantes constructions de plain-pied en brique –, tout était parfaitement entretenu. Rien à voir avec le quartier dans lequel j'ai grandi, pensa Scott. Un voisin avait laissé son jardin se transformer en jungle ; un autre avait peint sa maison dans une affreuse teinte fluorescente qui s'était peu à peu craquelée ; un troisième avait bêtement négligé d'enlever les décorations de Noël de son toit après les fêtes, si bien qu'en juillet de l'année suivante, un vent de tempête avait fait tomber le Père Noël, son traîneau et les rennes dans le jardin où le tout était resté pendant des mois.

Scott se gara dans l'étroite rue en courbe devant la maison des Binder. Le calme et l'ordre ambiants le rendirent un peu nerveux. Et si les choses s'avéraient plus compliquées que prévu ? Les gens bien rangés n'étaient pas ses cibles préférées. Il savait mieux y faire avec ceux qui laissaient s'empiler la paperasse et ne savaient jamais où ils en étaient. Muni de sa mallette, Scott remonta l'allée jusqu'au porche d'un pas décidé et sonna.

« Scott ! Quel plaisir de vous revoir ! » s'exclama Betty Binder, minuscule bout de femme de quatre-vingt-six ans. Les cheveux blancs, le visage joliment ridé, elle portait un pantalon rose pâle, un haut à manches courtes assorti et des baskets blanches. Elle était coiffée et maquillée avec soin, comme la veille au soir. « Soyez le bienvenu, mon cher ! » poursuivit-elle en lui prenant la main.

« Merci. » Il entra dans le vestibule remarquablement aménagé et regarda autour de lui. « Quel endroit charmant !

— C'est notre petit nid ! babilla Betty, aux anges.

La déco, c'est mon dada ! Ce carrelage n'est-il pas ravissant ?

— Magnifique ! » Puis, après un temps d'arrêt : « Je tiens à vous dire que je suis ravi de cette rencontre. C'est pour moi une belle surprise.

— Pour nous aussi ! Je n'oublierai jamais le moment où Jillian vous a dit "Oui" ! J'adore les comédies romantiques, mais assister à un si beau moment dans la vraie vie... Rien que d'y penser, j'en ai les larmes aux yeux. Et d'avoir eu l'occasion de passer un peu de temps avec vous ! Un jeune couple si charmant ! Ça n'arrive pas tous les jours, vous savez ! À l'époque où nous vivons... »

Scott passa son bras autour de ses frêles épaules et lui tapota le dos affectueusement. Il la sentit presque tomber en pâmoison, comme ensorcelée par son eau de toilette hors de prix. « J'ai beaucoup de chance, dit-il en feignant d'être bouleversé. Je dirais même plus : je suis l'homme le plus chanceux de la terre. Jillian est tout pour moi. J'espère que notre mariage sera aussi heureux et solide que le vôtre. C'est mon vœu le plus cher.

— Il sera exaucé, répondit Betty en s'agrippant à la veste de son costume. J'en suis certaine. Mais entrez donc. »

Scott la suivit jusqu'au salon, meublé avec goût et sobriété. Les portes vitrées coulissantes donnaient sur un petit jardin resplendissant de fleurs et de plantes chatoyantes. Des meubles de patio aux couleurs vives et un barbecue dernier cri complétaient le décor, propice aux divertissements estivaux. Voilà qui ne fait pas mes affaires, pensa Scott. Leur vie est réglée comme du papier à musique.

Les cheveux blancs, vêtu d'un pantalon kaki, d'une chemise rouge à manches courtes et chaussé, comme sa femme, d'une paire de baskets blanches, Ed Binder les rejoignit d'un pas lent.

« Bonjour, dit-il à Scott de sa voix râpeuse.

— Bonjour bonjour, Mr Binder ! répondit ce dernier en lui serrant la main. Je disais à l'instant à Mrs Binder que j'espère que Jillian et moi vivrons heureux aussi longtemps que…

— Enfin, Scott, je vous l'ai déjà dit hier soir ! interrompit Betty. Appelez-nous par nos prénoms !

— D'accord », fit-il en riant. Son regard tomba sur une photo de mariage en noir et blanc, datant de Mathusalem, posée sur une table où se trouvaient d'autres clichés. « C'est… ? » commença-t-il, intrigué tout en s'approchant.

« Oui ! dit Betty, rayonnante. C'est nous ! Il y a soixante-sept ans. Quelle journée ! Il a plu des cordes !

— Vous étiez très belle.

— Elle l'est toujours, murmura Ed.

— C'est vrai.

— Ça suffit, tous les deux ! Vous allez me faire rougir ! Asseyons-nous. Je nous ai concocté un petit plat de ma spécialité. J'espère que vous nous ferez le plaisir de rester déjeuner, Scott. Il n'y a pas que les affaires dans la vie !

— Je ne voudrais pas déranger…

— Oh, je vous en prie !

— Dans ce cas ! Ce serait un honneur. » Scott passa en revue les autres photos et s'arrêta sur un autre couple de mariés. « Pardonnez mon indiscrétion mais… qui est cette ravissante mariée, là ?

— Diane, notre fille unique.

— Elle est magnifique, comme sa maman.

— Merci. Brad et elle se sont mariés il y a trente ans. Ils sont allés s'installer à New York, dans un appartement minuscule. Aujourd'hui, ils sont riches comme Crésus ! Ils ont deux immenses villas, c'est dire !

— Vraiment ?

— Mon gendre s'est lancé dans l'audiovisuel et l'Internet, expliqua Betty en levant les yeux au ciel. Il passe sa vie à courir. C'est quelqu'un d'un peu trop effacé à mon goût – le genre grand et taciturne, vous voyez ? – mais il gagne très bien sa vie. Diane est comblée. Elle n'a pas changé. C'est vrai que, si on la laissait faire, elle nous couvrirait de cadeaux. Mais nous n'avons besoin de personne pour prendre soin de nous. N'est-ce pas, chéri ? »

Ed acquiesça. « De personne. » Il sortit un mouchoir orné de son monogramme de sa poche. « Ça a toujours été comme ça, et ça le restera.

— Eh bien, votre fille m'a tout l'air d'être une femme exceptionnelle, dit Scott. Mais comment pourrait-il en être autrement ? Elle a grandi dans un foyer équilibré, entourée de parents aimants qui lui ont inculqué des valeurs tout en lui offrant ce dont elle avait besoin. Tous les enfants n'ont pas cette chance. C'est d'ailleurs ce qui m'a poussé à créer une œuvre de charité pour aider les enfants d'ici et d'ailleurs. Jillian va travailler avec moi. Elle faisait déjà partie de l'aventure, mais c'est officiel, maintenant.

— Une œuvre de charité pour les enfants ? fit Betty, les yeux écarquillés. C'est merveilleux ! Racontez-moi ! Mais d'abord, laissez-moi vous servir quelque chose à boire !

— Non, merci. J'attendrai le déjeuner. Ça me fait très plaisir de vous revoir, ajouta-t-il en s'asseyant sur une chaise en face du canapé où les Binder s'installaient.

— Quel est le nom de votre association, Scott ? demanda Betty.

— Trésors du monde, répondit-il en prenant un air de saint.

— C'est tellement émouvant, dit Betty en plaquant ses mains sur sa bouche.

— Très bon choix, commenta Ed. Il n'y a rien de plus précieux que les enfants.

— Et que faites-vous exactement pour eux ?

— Je vais vous dire, commença Scott en se penchant en avant, je n'ai jamais rien fait d'aussi gratifiant. Notre comité se réunit tous les trois mois pour décider où on va envoyer de l'argent, quels enfants démunis on va aider. C'est toujours une affaire très délicate. On a tellement de demandes. À l'heure où je vous parle, il y a une école en Amérique du Sud, qui a été presque complètement détruite par les inondations. Ils la reconstruisent mais ils manquent de tout. On leur envoie un chèque la semaine prochaine. Ce n'est pas suffisant pour couvrir toutes les dépenses, mais on fait le maximum. » Scott se baissa, prit sa mallette et en sortit une enveloppe en papier kraft qu'il tendit à Betty. « Quand je me sens abattu, je regarde ces photos. Ce sont des enfants à qui on a apporté notre aide. Cela me motive pour poursuivre ma tâche.

— Regardez-moi ces frimousses ! s'exclama Betty. Ils sont si mignons ! De véritables trésors, en effet ! »

Scott reprit les clichés en souriant. « C'est le mot. » Puis il prit un autre dossier. « J'ai là des photos de quelques-unes des personnalités qui ont donné à notre association.

— Oh, mais c'est vous ! fit Betty en les découvrant. Ed, regarde un peu toutes ces vedettes qui posent avec Scott !

— Je regarde.

— On les accuse souvent d'être bling-bling ou égocentriques, mais croyez-moi, ce sont des gens épatants. Quand on se concentre sur l'essentiel, ils sont comme vous et moi. L'avenir de nos enfants ne les laisse pas du tout indifférents, bien au contraire.

— Oh, Scott ! Il n'y a pas de hasard ! Quand je pense qu'hier soir nous étions à deux doigts de rester à la maison et de nous faire des hot dogs, n'est-ce pas Ed ?

— À deux doigts, comme tu dis ! J'étais en train de préparer le barbecue quand tu as décrété que tu voulais du poulet et des mange-tout.

— Pas de hasard ? demanda Scott innocemment.

— Ce matin, Ed et moi avons eu une longue conversation concernant notre argent. Nous savions que nous parlerions gestion et investissements avec vous. Eh bien, vous ne devinerez jamais de quoi on a fini par discuter !

— Non, dites-le-moi.

— Nous souhaitons faire quelque chose de bien pour les autres. Nous avons largement de quoi vivre. Nos petits-enfants ont des fonds en fidéicommis à ne plus savoir qu'en faire. Ils n'ont pas besoin de nous – ce qui est formidable, bien sûr, mais du coup, Ed et moi nous sentons un peu, comment dire…

— Inutiles ? suggéra Scott obligeamment.

— Voilà ! C'est exactement ça ! Nous sommes

ravis que Diane et Brad aient tout cet argent. Mais nous n'avons jamais eu le plaisir d'offrir à nos petits-enfants un cadeau auquel ils tiennent vraiment : ils ont déjà tout ! Nous avons donc décidé de faire plus de dons et d'ajouter des œuvres de charité dans notre testament. Nous ne savions pas trop par où commencer. Et voilà qu'on tombe sur vous et votre association pour les enfants ! C'est tout à fait ce qu'il nous fallait ! Des enfants qui ont besoin de nous ! Donc, je confirme : il n'y a pas de hasard !

— Vous avez raison ! » dit Scott.

Deux heures plus tard, Scott repartait avec un chèque de cinquante mille dollars à l'ordre de Trésors du monde.

Ce n'était qu'un début.

41

« Edna, commença Regan. La personne qui a appelé tout à l'heure...

— Regardez ! s'écria Edna gaiement. Mes amies de Golden Peaks ! » Elle partit comme une flèche pour les saluer.

De l'autre côté de la rue, quatre dames âgées attendaient prudemment que les Flake soient partis pour de bon.

Nora regarda sa fille, un sourire sur les lèvres. « Quand je pense à Karen qui se réjouissait que sa mère ait engagé des agents de sécurité... Elle était loin d'imaginer qu'ils auraient tant à faire. Mais en dehors de ça, tout a l'air de bien se passer. Tu sais, Regan, Edna a le droit de vendre sa maison. Regarde comme elle a l'air heureux avec ses nouvelles amies. Elle est tout excitée à l'idée de commencer cette nouvelle tranche de vie.

— Maman ?

— Oui ?

— Il y a quand même quelque chose qui ne va pas.

— De quoi tu parles, Regan ? » demanda Nora.

Entourées d'une foule de clients, mère et fille discutaient à voix basse dans le jardin sur le côté de la maison.

« Tu ne t'es pas dit que c'était curieux que Cleo Paradise soit partie en laissant ces crânes ? C'est une actrice très médiatique. Pourquoi prêterait-elle le flanc à la critique en exposant des goûts pour le moins étranges ?

— Je n'ai pas trouvé ça bizarre, mais qui sait ? Certains acteurs n'aiment que trop ce genre de publicité. Récemment, j'ai vu la photo d'une actrice toute guillerette de promener sa chèvre dans les rues de Los Angeles. Je t'assure que c'est vrai. Et que dire de ce comédien qui dort avec son cochon domestique ?

— Je comprends ton point de vue, mais j'ai du mal à croire que Cleo cherchait à se faire remarquer. Tu sais, le coup de fil auquel j'ai répondu pour Edna ? C'était la meilleure amie de Cleo… »

Le visage de Nora se voila d'inquiétude à mesure que Regan lui rapportait sa conversation avec Daisy. « Quelqu'un a déposé des fleurs mortes dans le jardin pendant le séjour de Cleo ?

— Oui. Et dans son dernier film, qui n'a pas marché, elle est harcelée par un désaxé qui fait la même chose. Cleo n'a pas jugé utile de signaler l'incident à la police. Elle a dû avoir peur, mais pas assez pour faire ses valises. Il s'est sûrement passé quelque chose de plus grave pour qu'elle s'en aille.

— Tu as raison, Regan. Cela dit, Daisy lui a parlé lundi soir et a laissé un message sur son portable il y a moins d'une heure. Il se peut que Cleo n'ait aucun problème. J'imagine que Daisy t'appellera si elle a des nouvelles ?

— Oui. Peut-être que Cleo a tout simplement voulu s'isoler un peu. De toute évidence, elle fuit son agent, et ce n'est pas moi qui irai le lui reprocher. Mais si elle était partie en tournage, elle l'aurait dit à sa meilleure amie. Tout ça me paraît louche.

— Sans doute, oui.

— Et tu te souviens de la blonde que nous avons croisée en arrivant ici ?

— Oui. Elle était adorable.

— C'est la fiancée de Scott Thompson.

— Quoi ? La femme d'hier soir ? demanda Nora, tout excitée par la nouvelle.

— Celle-là même. Elle ne m'a visiblement pas reconnue. Normal, puisqu'elle me tournait le dos au restaurant. Sans compter qu'elle s'est fiancée. Elle n'avait pas la tête à regarder autour d'elle ! J'imagine que la bague ne lui va pas – elle ne la porte pas. Quand je pense à Hayley… la pauvre. »

À cet instant, Jody apparut dans l'entrebâillement de la porte. « Mrs Frawley !

— Oui, Jody ? » répondit Edna qui montrait fièrement sa propriété à ses amies.

« Téléphone, pour vous. C'est important.

— Qui est-ce ?

— Edna, venez s'il vous plaît, ordonna Jody avant de rentrer dans la maison.

— Mesdames, je vous prie de m'excuser. Je reviens tout de suite. »

Regan et Nora échangèrent un regard entendu et suivirent Edna à l'intérieur.

« Qui est-ce ? demanda cette dernière à Jody qui attendait dans le vestibule.

— J'ai préféré ne pas crier ; tout le monde m'aurait

entendue », expliqua Jody à voix basse, la main posée sur le micro du téléphone sans fil. « C'est la mère de Cleo Paradise.

— Oh, mon Dieu ! » s'exclama Edna, prise d'un accès de mauvaise conscience. Elle pensa à Karen qui avait exigé que personne ne s'approche de ses affaires – même de loin. La mère de l'actrice avait-elle eu vent du vide-grenier ? Était-elle contrariée pour sa fille ? « Regan, chuchota-t-elle, vous seriez un amour si vous la preniez ! Si c'est vraiment important, faites-moi signe. »

Elle se précipita dehors sans même attendre de réponse.

Regan prit le combiné et fit signe à Nora de la suivre dans la buanderie attenante à la cuisine – pièce qu'elle avait remarquée en faisant le tour du propriétaire un peu plus tôt – afin de s'isoler un peu. « Allô.

— Edna Frawley ? » demanda une femme, d'une voix qui semblait venir de très loin.

C'est pas vrai ! pensa Regan.

« Pas tout à fait. Je suis une amie de Mrs Frawley. Elle est débordée. Je me présente : Regan Reilly. Je peux vous aider ? » Regan ferma la porte derrière elle et orienta le combiné de sorte que Nora puisse suivre la conversation.

« Yaka Paradise à l'appareil. Je suis la mère de Cleo. J'appelle d'Ukraine, où son père et moi sommes en vacances. La personne qui a répondu – de manière plutôt brusque, je dois dire – prétend que Cleo n'est pas là. Elle a parlé d'une vente.

— C'est la dame qui organise le vide-grenier de Mrs Frawley », expliqua Regan tout en se rappelant avoir lu que les parents de Cleo passaient leur temps à voyager. « Il est vrai qu'elle est très occupée, mais je suis désolée si elle vous a paru impolie. Votre fille a, quant à elle, quitté la propriété la semaine dernière.

— La semaine dernière ? Je croyais qu'elle devait prolonger son séjour le temps que son amie Daisy la rejoigne, dit Yaka, inquiète. Où est-elle allée ?

— Sur un tournage, d'après la lettre qu'elle a laissée à Mrs Frawley.

— Elle nous aurait envoyé un e-mail ou passé un coup de fil pour nous annoncer la nouvelle. Je n'ai pas pu la joindre sur son portable. Je vais essayer de contacter Daisy. Elles avaient prévu de rentrer ensemble en Californie… »

Je dois lui en parler, pensa Regan. Si Daisy lui dit qu'elle m'a eue au téléphone, Mrs Paradise va s'imaginer que je lui cache quelque chose. Sans compter que je ne suis pas franchement rassurée. « Écoutez madame, Daisy vient d'appeler. Elle ne sait pas non plus où se trouve Cleo.

— Quoi ? Elle ne sait pas où est ma fille ?

— Il semble que non. Mais elle l'a eue en ligne lundi soir. »

Regan expliqua ensuite à Yaka que Daisy s'inquiétait car Cleo n'avait fait aucune allusion à un film, ni à son départ. Elle l'informa après un moment d'hésitation que les effets personnels de sa fille venaient d'être vendus. Après tout, c'était sur Internet.

« Qu'a-t-elle laissé chez Mrs Frawley ? demanda Yaka vivement.

— Des vêtements, que Mrs Frawley a trouvés dans la machine à laver et le sèche-linge ; des petites choses qui traînaient çà et là dans la maison et une collection de crânes…

— Nos crânes ?

— Ils sont à vous ?

— Oui. Mon mari et moi les lui avons envoyés dans une malle. Elle était censée les rapporter en Californie et les déposer dans notre espace de stockage. Nous réunissons des objets du monde entier depuis des années pour ouvrir un musée. Cleo sait à quel point nous y tenons. Elle n'aurait jamais laissé cette malle derrière elle de son plein gré ! Jamais ! » Yaka se mit à pleurer. « Dans un e-mail, Cleo a écrit que cette Mrs Frawley pouvait être franchement exaspérante, mais c'est pire que ça. Elle n'a pas perdu de temps pour organiser sa petite vente et gagner de l'argent sur le dos de ma fille. Qu'est-ce qui a bien pu lui arriver ?

— Je comprends que vous soyez bouleversée », dit Regan.

Aux côtés de sa femme, Cliff écoutait la conversation, tout comme Nora aux côtés de Regan. Il s'empara du combiné.

« Cliff Paradise à l'appareil, le père de Cleo. Elle a dit qu'elle partait en tournage ? Il faudrait peut-être appeler le fou qui lui sert d'agent.

— Il était là il n'y a pas une heure, répondit Regan. Il ne sait pas non plus où elle se trouve.

— Prévenez la police ! s'époumona Yaka.

— Je suis détective privé. Il est trop tôt pour que Cleo soit portée disparue. Elle n'a pas répondu à votre dernier coup de fil, ni à celui de Daisy, mais dans un cas comme dans l'autre, c'était il y a tout juste quelques heures. Ça fait très peu de temps que vous attendez de ses nouvelles.

— Je me fiche de savoir si ça fait cinq minutes ou cinq jours. Il se passe quelque chose. Je le sais. Ça ne ressemble pas du tout à ma fille de partir sans rien dire à personne. On rentre aux États-Unis le plus vite possible. Mettez-vous à sa recherche. Trouvez-la, je vous en supplie ! On vous paiera, quel que soit votre tarif. Vous ne travaillerez pas pour rien, je vous le promets !

— Je vais prendre vos coordonnées », dit Regan tandis que Nora sortait un bout de papier et un stylo de son sac à main. Prenant appui sur la machine à laver, elle nota le numéro de portable des Paradise, celui de leur fille puis son adresse. « Et sa voiture ? Vous connaissez la marque, le modèle, la plaque d'immatriculation peut-être ?

— Hélas non ! C'est un de ces énormes 4×4. Elle l'a loué pour traverser le pays. »

Yaka semblait être au bord de la crise de nerfs.

« Ce n'est pas grave ; je demanderai à Mrs Frawley. Avec un peu de chance, elle pourra me renseigner. Tâchez de ne pas trop vous inquiéter. Il y a probablement une explication toute bête à la situation. Vous aurez sûrement des nouvelles de Cleo dans très peu de temps.

— Appelez-nous dès que vous en savez plus, gémit Yaka. On rentre au plus vite. »

Puis elle raccrocha.

Dans la buanderie, un long silence s'ensuivit. Puis Regan reprit : « Dire que je ne lui ai même pas parlé des fleurs mortes.

— Que comptes-tu faire ? demanda Nora.

— Je vais aller passer quelques coups de fil dans la voiture. Je préfère ne pas le faire d'ici. »

Elles sortirent de la pièce. Regan reposa le combiné dans la cuisine tandis que sa mère rejoignit Edna. Dans le salon, Jody venait de conclure une vente. « Approchez votre camion du portail, disait-elle à une vieille dame accompagnée de deux jeunes hommes tout en muscles. Et entrez pour récupérer le canapé.

— Jody ? fit Regan une fois que le trio se fut éloigné.

— Oui ? répondit-elle sur un ton qui indiquait clairement qu'elle n'avait pas de temps à perdre en discussion.

— Vous savez, cette malle avec les crânes ? Ce sont les parents de Cleo qui l'ont envoyée ici depuis l'Europe. Ils projettent d'ouvrir un musée. D'après eux, Cleo n'a pas pu laisser ces objets délibérément. Y a-t-il un moyen de les récupérer et de rembourser ce couple ? »

Jody se força à sourire. « Oh, Regan, vous avez vu comme moi à quel point ces deux-là avaient l'air dingue. Vous ont-ils donné le sentiment qu'ils accepteraient de se séparer de ces objets qu'ils associent à Cleo Paradise ? »

42

À bord du 747 à destination de Newark, Karen Fulton bouillait d'impatience. Avant de décoller, l'avion était resté sur le tarmac de San Diego pendant ce qui lui avait semblé une éternité. Elle regardait sa montre toutes les deux secondes, ce qui, bien sûr, ne faisait pas avancer les choses plus vite.

Quand je pense que d'habitude je passe ma vie à courir sans pour autant réussir à tout faire, se dit-elle en soupirant. Et voilà qu'aujourd'hui, je dois passer les quatre prochaines heures coincée au milieu de cette rangée à me ronger les sangs ! Mon ordinateur est mort, le film qu'ils projettent est un navet et, pour couronner le tout, mon livre est resté dans le compartiment à bagages qui est plein à craquer. J'aurais dû prendre le temps de le sortir de mon sac en embarquant. Maintenant je n'ose plus. Je le ferai peut-être à la fin du film. Le hic, c'est que les hôtesses ne peuvent déjà pas me supporter.

J'aurais peut-être mieux fait d'appeler Frankie pour lui dire ce qui se passe, pensa-t-elle. Mais ce n'est pas une mince affaire de le joindre quand il est sur son bateau. Je ne sais jamais quand il est dans sa cabine et il change tout le temps de fuseau horaire. Remarque, la vente de la maison, ça ne lui fera ni chaud ni froid. Ça fait tellement longtemps qu'il est parti. Ce ne sera plus jamais comme avant. Les larmes lui montèrent aux yeux. Dire que c'est là-bas que papa a rendu son dernier soupir. Que mes garçons sont montés sur une planche de surf pour la première fois. Ah, tous ces souvenirs.

Les jumeaux de Karen, âgés d'une vingtaine d'années, vivaient à San Diego et cherchaient encore leur voie. Venez vivre près de la plage, leur avait souvent répété leur grand-mère. Quand Edna leur avait annoncé qu'elle louait sa villa à Cleo Paradise, ils étaient tout excités à l'idée de pouvoir la rencontrer. Trop tard, pensa Karen. Mon petit doigt me dit qu'à l'avenir elle n'aura aucune envie d'avoir affaire à un quelconque membre de la famille.

Et si je sortais mon masque ? se dit-elle en tendant le bras vers son sac à main situé sous le siège devant elle. Ça m'étonnerait que je dorme, mais je peux peut-être me détendre. Je déteste voyager de jour. Au moins, quand on prend l'avion le soir, il suffit d'un petit cocktail pour piquer un roupillon.

À peine s'était-elle confortablement installée dans son siège, son masque bleu ciel sur les yeux, qu'elle sentit une tape sur son épaule.

« Excusez-moi, mademoiselle, lui dit son voisin. Je ferais mieux d'aller aux toilettes avant que vous ne vous endormiez.

— Bien sûr, répondit Karen en retirant son masque le plus calmement possible.

— On dirait que vous allez à une fête d'Halloween.

— Raté ! Je vais à un vide-grenier.

— Ça en fait du chemin, pour un vide-grenier, dit-il tandis que tous deux se levaient. Ma femme en est gaga ! Il y a quelques années, elle a fait une super-affaire avec un tableau ! Depuis, elle ne manque jamais une vente et elle est toujours à l'affût des bonnes occasions. Et croyez-moi, elle en trouve ! »

43

Devant chez Redman's, Laurinda embrassa bruyamment Hayley. « Merci pour le déjeuner, Hayley. »

Le producteur qui avait déjeuné avec April Dockton passa devant elles en coup de vent.

« Oh ! dit Laurinda, je file avant qu'April sorte. À bientôt ! »

Elle tourna les talons et courut jusqu'au théâtre.

Hayley qui, en bonne professionnelle, avait tout fait pour chasser Scott de son esprit pendant son rendez-vous d'affaires, resta un moment sur le trottoir. À présent qu'elle était seule, ses propres problèmes lui revenaient de plein fouet, accompagnés d'un profond sentiment de dégoût.

Malgré la chaleur et la moiteur ambiantes, elle ressentit le besoin de marcher et se dirigea vers Broadway. Elle prendrait un taxi plus tard. Mille pensées se bousculaient dans sa tête. Scott s'est fiancé hier soir. Ensuite, il m'a proposé de sortir samedi. Qu'est-ce que ça veut dire ? Sa chère et tendre est en déplacement ou quoi ?

Il faut que je parle à Regan. Hayley prit son Black-

Berry dans son sac à main et consulta ses mails. Plusieurs d'entre eux – marqués comme urgents – provenaient de son assistante.

Elle appela son bureau. « Que se passe-t-il, Angie ?

— J'ai une supernouvelle, Hayley ! Un gros producteur de télévision de Los Angeles vient d'arriver en ville. Il veut créer l'évènement autour d'un nouveau programme de téléréalité – sur les psys célèbres. Il a entendu parler de la soirée d'hier et souhaite vous rencontrer tout de suite.

— Tout de suite "maintenant" ?

— Il vous attend au bord de la piscine sur le toit de son hôtel à SoHo. Génial, non ? Vous pouvez y aller ?

— Oui, bien sûr. »

Hayley héla aussitôt un taxi. Ma foi, mieux vaut rester concentrée sur le boulot, pensa-t-elle. J'appellerai Regan plus tard.

Dans le taxi qui filait vers le centre, Hayley se connecta sur Internet et glana un maximum d'informations sur son client potentiel. Lorsqu'elle arriva sur le toit de son hôtel, elle n'eut aucun mal à le repérer : le teint hâlé, une coupe de champagne à la main, il était entouré d'une demi-douzaine de jeunes assistants.

« Hayley, mon chou, c'est vous ? » demanda-t-il en relevant ses lunettes de soleil hyperbranchées.

Et c'est reparti. « Oui, c'est moi, répondit Hayley avec un grand sourire. Je suis ravie que vous ayez appelé… »

44

Rideau, Cleo Paradise.
Ce soir, c'est ton dernier soir. Enfin.

45

Regan, qui s'apprêtait à regagner la voiture de sa mère, se ravisa : mieux valait d'abord parler avec Edna. Elle savait qu'elle aurait bien du mal à la détourner de ses occupations – Edna ne s'était-elle pas transformée en super-animatrice de son propre vide-grenier ? –, mais elle tenait à lui poser deux ou trois questions. Elle la trouva près de la piscine, en train de présenter Nora à ses amies, tandis que l'un des agents de sécurité balayait les débris de verre dans le pavillon de jardin.

« Et voici sa fille, Regan, dit Edna, rayonnante. Faites coucou, Regan.

— Bonjour, tout le monde ! Edna, pouvez-vous m'accorder un instant ? C'est à propos de ce coup de fil.

— Bien sûr. Mesdames, si vous voulez bien m'excuser. Nous boirons un verre de limonade dès que ce gentleman aura terminé. »

Puis elle suivit Regan dans un coin du jardin.

« Edna, la mère de Cleo est très inquiète. Sa meilleure amie aussi, c'est elle qui a appelé tout à l'heure. Elles ne savent pas où Cleo est partie.

— Son affreux agent non plus, fit remarquer Edna en clignant des yeux. Quelle calamité, ce type ! Et son fils ! Si j'étais le père, je l'enfermerais dans une tour et je jetterais la clé !

— Un sacré duo, en effet. Edna, s'il vous plaît, réfléchissez une minute. Cleo vous a-t-elle dit quoi que ce soit qui pourrait nous aider à savoir où elle se trouve ?

— Honnêtement, Regan, non. Tout ce qu'elle voulait, c'était qu'on la laisse tranquille. Elle veillait jalousement sur sa vie privée. Elle a été plutôt frileuse avec moi. Comme je logeais à deux pas d'ici, je lui ai dit de ne pas hésiter à m'appeler. Mais elle ne m'a pas contactée, à part la semaine dernière. Elle voulait savoir si, le cas échéant, elle pouvait prolonger son séjour d'une semaine environ. Pas de problème, tenez-moi au courant, je lui ai dit. Après ça, plus de nouvelles ! J'ai laissé plusieurs messages dans le week-end. Rien. Et puis, en rentrant dimanche – le jour où elle devait partir à l'origine –, je trouve sa lettre. Elle aurait pu téléphoner, quand même, quelle que soit sa décision.

— Savez-vous à quoi elle occupait son temps quand elle était ici ?

— Pas vraiment. Mais on m'a raconté qu'elle était allée en ville et qu'elle avait papoté avec les gens. Après m'avoir fait promettre de ne dire à personne qu'elle était ici. Mais ça s'est su. J'ai demandé à ma femme de ménage de prendre un mois de congé. Payé, soit dit en passant. Mais le jeune homme qui nettoie la piscine a dû passer deux fois par semaine. Il s'occupe aussi de la pelouse et des fleurs. Ça demande un entretien régulier. On peut cacher bien des vices derrière ses murs, mais un jardin se doit d'être impeccable. Je l'ai prévenu que je louais la maison à une jeune femme pour le mois de juillet, mais je n'ai pas révélé son identité.

— Vous lui avez parlé dernièrement ?

— Non, il ne téléphone qu'en cas de problème. Pour ce qui est des factures, elles arrivent toujours en moins de deux.

— Donc vous ne savez pas s'il a rencontré Cleo ?

— Non.

— Pouvez-vous me donner son numéro ?

— Bien sûr. Je le connais par cœur. Ça fait des années qu'il travaille pour moi. »

Regan nota le numéro sur le même bout de papier que les coordonnées de Cleo.

« Judson vient tous les vendredis pour la pelouse. Il fait un boucan du diable avec sa tondeuse, mais il a la main verte et il est vaillant. Comme vous pouvez le voir, il fait du bon boulot.

— En effet, répondit Regan. Merci, Edna. Une dernière question : quel genre de voiture Cleo conduisait-elle ?

— Un gros 4×4 blanc. Immatriculé en Californie. »

Subitement grave, Edna posa la main sur le bras de Regan. « Il n'y a pas de quoi s'inquiéter, n'est-ce pas ?

— Probablement pas », répondit Regan sur un ton qui se voulait optimiste.

Elle tourna les talons et rejoignit la voiture de sa mère en bas de la rue. Heureusement qu'on a trouvé une place à l'ombre, pensa-t-elle en ouvrant la portière. Puis elle alluma le moteur et la climatisation. Je n'ai pas envie qu'on m'entende.

D'abord, Hayley. Je ne suis pas sûre que ce soit une

bonne idée de lui dire que la fiancée de Scott était ici tout à l'heure. Regan tomba sur la messagerie.

« Hayley, Regan à l'appareil. Rappelle-moi, s'il te plaît. » Elle poussa un long soupir. Je n'ai pas le numéro de son travail. Son amie, qui ne s'était pas vantée d'avoir embauché un détective pour filer Scott, ne tenait pas à lui parler depuis son bureau.

Regan téléphona ensuite à Judson. Répondeur. Deuxième message.

Puis ce fut au tour de Jack, qui heureusement, répondit.

« Salut, toi !

— Coucou, répondit Regan. Enfin quelqu'un qui décroche !

— Alors, comment ça se passe, ce vide-grenier ? Tu m'as acheté un cadeau ?

— Attends un peu que je te raconte. »

Jack écouta le récit de sa femme avec intérêt.

« Ses parents et sa meilleure amie sont vraiment inquiets. Mais je me méfie. Cleo est un personnage public. Si ça se trouve, elle est partie incognito avec un homme et tient à rester discrète.

— Je comprends. Tu as besoin d'un coup de main ?

— Quoi ?

— Je sors juste d'une réunion à Newark. Je suis d'abord passé à la maison pour récupérer nos bagages. Je suis sur la route pour te rejoindre.

— Enfin une bonne nouvelle ! » dit Regan en souriant.

46

Attention, New York, me voilà ! pensa Scott, tout excité. Il faut que j'encaisse le chèque des Binder avant qu'ils ne changent d'avis ! Je vais pouvoir rembourser cet emprunt ! Jillian me tuerait si elle savait. Quant à moi, terminés, les tripots d'Atlantic City ! Je passe à la banque et je fais demi-tour avant l'heure de pointe.

Scott avait prévu d'aller dans la vieille maison de campagne de ses grands-parents, dans l'ouest du New Jersey. Gamin, il adorait leur rendre visite et jouer dans l'étable au fond de leur immense propriété. Suite au décès du grand-père l'année précédente, la famille y faisait faire des travaux afin de la mettre en vente. Le patriarche, qui dans ses vieux jours ne roulait pas sur l'or, n'avait pu se résigner à déménager et avait pris une deuxième hypothèque. Une fois la maison vendue et les droits de succession honorés, il ne resterait pas un sou. Scott essaya de joindre Jillian. Sans succès. Elle doit être accaparée par l'autre vide-grenier, se dit-il.

Scott jeta un œil au tableau de bord. Je vais devoir

prendre de l'essence. Qu'est-ce que je peux faire comme kilomètres !

Son téléphone portable se mit à sonner. C'était son fils.

« Trevor, comment ça va ?

— Je m'ennuie à mourir, papa. Quand je pense que je suis coincé ici depuis le 4-Juillet. Il n'y a rien à faire dans ce trou.

— Désolé, mon grand, mais ce n'est pas de ma faute si ta mère a décidé de t'emmener dans le Maine, loin de tous tes amis. Où est-elle ?

— À la plage avec son vioque. »

Ce n'est pas le grand amour, on dirait, pensa Scott en souriant. Tant mieux. « Ça me ferait plaisir que tu sois là, Trevor, vraiment. Mais il va falloir attendre vendredi prochain. Ensuite, on aura deux semaines complètes ensemble.

— Mais non, papa. Tu sais quoi ? Maman n'en peut plus de m'entendre râler. Elle a dit que je pouvais prendre l'avion dès demain. Génial, non ? Tu n'as qu'à venir me chercher à l'aéroport, et après, on pourrait peut-être inviter mes amis à dîner ! Je vais les appeler. En plus, samedi il y a un match des Yankees… »

Scott en fut tout retourné. « Oh, Trev, je ne sais pas…

— Quoi ? Tu ne veux pas que je rentre plus tôt ? demanda Trevor, à la fois blessé et étonné. Tu viens juste de dire que ça te ferait plaisir que je sois là !

— Et c'est la vérité ! Mais ce week-end, je ne suis pas chez moi. Je dois m'occuper de la maison de grand-père. Elle n'est toujours pas vendue. Des ouvriers viennent faire quelques travaux. Ça n'en finit jamais, tu sais ! Prends l'avion lundi soir ou mardi ! On pourra… Trev ? »

Il avait raccroché.

Scott le rappela aussitôt. En vain. Inutile d'essayer de trouver des excuses, pensa-t-il. Je me rattraperai la semaine prochaine.

S'il m'en laisse l'occasion.

47

Horace filait à toute vitesse vers la route 444.

« Ça va pas, non ? demanda Ronnie en frappant du poing sur le tableau de bord. Tu te rends compte de ce que tu as fait ? Ma réputation est fichue. Toutes ces années de travail pour finir comme ça ! Je suis grillé à cause de toi !

— De moi ? cria Horace. Parce que toi, tu peux te vanter d'avoir été poli, peut-être ?

— Je n'ai menacé personne ! J'ai pu donner l'impression d'être un peu dur au début, mais ça faisait partie du jeu. Je savais très bien ce que je faisais. Je te rappelle que des contrats, j'en ai négocié un paquet. »

Tout à coup, Horace braqua vers la gauche, pénétra dans un parking et s'arrêta net devant une gare.

« Qu'est-ce que tu fabriques ? demanda son père.

— Descends !

— Quoi ? Tu as perdu la tête ?

— Pas du tout. Si tu crois que tu peux me hurler dessus comme ça, tu te trompes ! Descends de ma voiture. Le train arrive. Si tu te dépêches, tu trouveras peut-être une place assise. »

Ronnie le dévisagea, atterré.

« Dehors ! » vociféra Horace, rouge de colère.

Son père s'exécuta puis, dans un sursaut d'orgueil, claqua la portière de toutes ses forces. Horace démarra en trombe.

Quel fichu caractère ! pensa Ronnie. Quand je vais raconter ça à sa mère…

48

Dans les toilettes pour dames chez Redman's, April Dockton se regardait dans le miroir. À la simple mention de Cleo Paradise, son sang n'avait fait qu'un tour. Elle ne décolérait pas, et ça se voyait : son visage était presque aussi rouge que ses cheveux. J'ai vingt-sept ans mais j'en parais dix de plus, se désespéra-t-elle *in petto*. Toute cette pression ! Si je ne décroche pas bientôt un vrai rôle, je serai bonne pour la casse.

Cleo Paradise. Il a fallu que madame se sédentarise, au lieu de continuer à suivre ses parents dans leurs pérégrinations ! Et cette histoire complètement idiote que sa fofolle de mère raconte dans toutes ses interviews ! À l'âge de trois ans, Cleo s'était mise à imiter un quidam croisé en pleine brousse avec une justesse ! *C'est une imitatrice-née ! Elle a un talent incroyable ! Cette capacité à se fondre dans un personnage ! Elle peut jouer n'importe quel rôle !* C'était à vomir.

April se repoudra le nez d'un geste rapide. Elle rentrait à Los Angeles le lendemain, après avoir navigué pendant plusieurs mois entre New York et la Floride.

Elle s'était réjouie de ce rendez-vous qu'elle avait enfin obtenu. Mais quel désastre ! Quelle humiliation !

En sortant du restaurant, elle ne put s'empêcher de jouer les stars. « À bientôt, à très bientôt ! » roucoula-t-elle en embrassant le maître d'hôtel.

Dans la rue, sur le fronton du théâtre, l'enseigne qui annonçait *Marée haute, marée basse* la fit grincer des dents. Avant le déjeuner, elle l'avait laissée froide. À présent, elle la vivait comme une gifle. Étonnant, ce n'est pas Cleo qui a été pressentie pour ce rôle, pensa-t-elle, folle de rage.

Elle héla un taxi.

« Je vous dépose où, mademoiselle ?

— À l'agence de location de voitures qui se trouve un peu plus loin sur les quais. »

49

Quel soulagement ! pensa Regan en raccrochant. Jack sera là d'ici une heure ou deux. Maintenant, je vais essayer de joindre Cleo. Elle est sûrement du genre à ne pas répondre si elle ne reconnaît pas le numéro, mais je laisserai un message.

Regan tomba sur la boîte vocale au bout de plusieurs sonneries mais ce n'était pas la voix de Cleo. Le correspondant que vous cherchez à joindre n'est pas disponible. Laissez un message après le bip.

« Bonjour, Cleo. Je me présente : Regan Reilly. Je sais que ce coup de fil va vous paraître étrange et que vous pourriez être tentée de l'ignorer, mais je vous serais reconnaissante de me rappeler. Je me trouve chez Edna Frawley. Vos parents et votre amie Daisy ont téléphoné ici car ils n'ont pas réussi à vous joindre. Ils sont inquiets. Vos parents rentrent aux États-Unis et Daisy est en plein tournage. Si vous ne pouvez pas leur parler de vive voix et que vous leur laissez un message, il faudra que j'attende que l'un d'entre eux me recontacte pour savoir que vous allez bien. Je suis détective privé et votre famille m'a chargée de vous trouver au plus vite. Appelez-moi, histoire que l'on sache que tout va bien. Merci, Cleo... » Regan raccrocha après avoir laissé son numéro.

Elle resta un moment dans la voiture à réfléchir. Je n'aurais pas dû dire que je connaissais Edna ; Cleo ne voudra pas me parler. J'espère que le type qui s'occupe de la piscine va me faire signe rapidement. Il a dû croiser Cleo au moins une fois au cours du mois.

Le portable de Regan se mit à sonner. Elle regarda l'écran et sourit. « Hé, Kit ! Quoi de neuf ?

— Rien de spécial. C'est la pause-déjeuner, je suis dehors et je voulais te faire un petit coucou. Mais dis-moi, ce mec que tu filais, c'en est où ? La vie amoureuse de ta cliente a l'air encore pire que la mienne !

— Puisque tu le demandes... » commença Regan. Puis elle raconta la scène du restaurant chinois. Sans donner de noms, c'était la règle.

« Fiancé ! » s'exclama Kit en regardant un pigeon qui picorait dangereusement près de ses pieds chaussés de sandales.

« Ce n'est pas tout. » Regan lui expliqua où elle se trouvait et pourquoi. « La future mariée... c'est elle qui organise le vide-grenier !

— Oh mon Dieu ! s'écria Kit. Et ta cliente, elle est au courant ?

— Je n'ai pas réussi à la joindre. Ce n'est pas si urgent.

— À sa place, je voudrais tout savoir sur cette femme dans les moindres détails ! Mais j'y pense, la fiancée, elle sait que son amoureux voyait ta cliente pas plus tard que la semaine dernière ?

— La semaine dernière ? Tu parles ! Il était prêt à l'accompagner à une grosse soirée *hier*. Mais elle a dû y aller seule. Du coup, monsieur se fiance. Il l'aurait probablement fait tôt ou tard, mais quand même !

— J'espère qu'elle ne va pas tomber dans les regrets, du genre : “Si je l'avais laissé m'accompagner, c'est de moi qu'il serait tombé amoureux.”

— Non, je ne crois pas. Elle veut sa peau.

— Tant mieux.

— J'ai un autre scoop pour toi ! fit Regan avec un petit sourire narquois.

— Raconte !

— Devine qui j'ai croisé au vide-grenier !

— Aucune idée !

— Winston.

— Monsieur Mollusque ! Qu'est-ce qu'il faisait là ?

— La course aux bonnes affaires ! Il a acheté deux bocaux à poissons et un aquarium !

— Oh, mon Dieu ! Ma pauvre Regan, tu ne feras pas fortune en jouant les marieuses !

— Bizarrement, ta réaction ne m'étonne pas du tout !

— Tu sais bien que je suis affreusement prévisible ! Cela dit, je n'aurais pas cru qu'il était du genre à aimer chiner.

— En réalité, dans la petite annonce du vide-grenier, il était question des affaires de Cleo Paradise. Il espérait dégoter quelque chose pour l'offrir à sa sœur, mais tout était déjà vendu quand il est arrivé. Au fait, il a tenu à me dire que tu ne l'avais jamais rappelé mais qu'il était passé à autre chose.

— Tant mieux ! Il a peut-être rencontré quelqu'un.

— Peut-être, répondit Regan. Mais il n'avait pas l'air particulièrement heureux.

— Il n'avait pas l'air particulièrement heureux pendant notre petit rendez-vous non plus !

— Kit, le devoir m'appelle. Il y a quelque chose de plus embêtant concernant Cleo Paradise... »

Regan lui parla de sa nouvelle enquête en quelques mots.

« J'espère qu'elle a simplement voulu changer d'air en attendant son amie, dit Kit.

— Et moi donc. Mais j'ai bien peur que ses parents aient toutes les raisons de s'inquiéter. »

50

« Une petite omelette, ça vous tente ? proposa Cleo depuis la cuisine. Tomate, poivron vert, fromage !

— Super idée ! répondit Dirk.

— Qu'est-ce que vous voulez boire ?

— Ça vous ennuie de faire du café ?

— Pas du tout. »

Un quart d'heure plus tard, Cleo rejoignit Dirk au salon avec un plateau qu'elle posa sur la table basse avant de s'asseoir.

« Monsieur est servi ! » s'exclama-t-elle en lui tendant une assiette où un petit pain grillé accompagnait une omelette fumante. « Et voilà votre fourchette et une serviette.

— Ça a l'air délicieux, répondit Dirk en souriant.

— Vous feriez mieux de goûter avant de vous cxtasier !

— Vous n'avez pas mis de poison là-dedans, hein ?

— Non. La bouteille était vide », fit Cleo du tac au tac.

Ils se regardèrent en riant avant d'attaquer leur assiette.

« Je me régale, reprit Dirk après sa première bouchée. Très bon.

— En toute modestie, je dois dire que c'est plutôt pas mal ! »

Dirk lui fit un clin d'œil. « Attention, je pourrais prendre goût à tout ça !

— À vous faire bichonner ?

— Oui, mais par vous. »

Cleo but une gorgée de café. Ils mangèrent en silence, conscients à présent qu'ils étaient affamés.

Dirk finit son omelette, s'essuya la bouche et se laissa aller en arrière sur le canapé. « Ça fait du bien ! Connie, vous êtes une bonne cuisinère.

— Merci.

— Parlez-moi un peu de vous.

— Qu'est-ce que vous voulez savoir ? demanda Cleo d'un ton dégagé.

— Vous vivez en Californie, c'est ça ?

— Oui, à Los Angeles.

— Et vous écrivez un livre sur la méditation. Qu'est-ce qui vous a poussée dans cette voie ? »

Cleo détestait mentir, mais il était trop tôt pour révéler son identité à Dirk. Elle ne voulait pas que sa célébrité change la donne. C'était tellement agréable d'être ensemble, tout simplement.

« Eh bien, j'ai pensé que la méditation était un b- b- bon moyen de me d- d- détendre. »

Dirk la regarda d'un air interloqué puis éclata de rire. « Vraiment ? Vous d- d- détendre ? »

Les yeux de Cleo pétillaient de malice. L'artiste en elle reprenait ses droits. Après tout, si je dois m'ingénier à détourner la conversation de ma vie privée, autant que je le fasse en m'amusant, pensa-t-elle. « Ab-

ab-absolument ! J'avais les nerfs en p- p- pelote ! Ce qui me rappelle cette blague sur… »

Incrédule, Dirk écouta une Cleo surexcitée raconter trois histoires drôles coup sur coup en changeant de voix et d'accent à chaque fois. Son élocution surtout était hilarante. Il riait avant même qu'elle n'arrive à la chute. « C'est incroyable, cette facette de votre personnalité, Connie, finit-il par dire en s'essuyant les yeux. Ma foi ! Vous avez l'air si posé, si sérieux… mais en réalité, pour vous… » Il se remit à rire, incapable de finir sa phrase tellement ce qu'il avait en tête l'amusait.

« Pour moi quoi ? demanda Cleo.

— … la méditation, ce n'est pas du luxe ! Vous feriez mieux de retourner à votre livre illico !

— Ah ah ah ! Trop drôle ! » répondit Cleo en commençant à débarrasser.

« Non, laissez ! s'exclama Dirk en lui faisant signe de s'arrêter.

— Je croyais que monsieur aimait bien se faire servir.

— Oui. Mais j'aime aussi rigoler. Quand vous me racontez des blagues, j'oublie que j'ai mal à la cheville.

— Le pauvre petit chou.

— Oui, je suis trop chou, moi !

— Comme vous l'avez dit, il vaut mieux que je retourne à mon livre ! dit-elle en se levant.

— Non !

— Blague à part, je ferais bien d'aller me changer. Je suis toujours en maillot de bain.

— Non, insista Dirk en lui prenant la main. Hors de question que je vous laisse filer. »

51

Jillian faisait de son mieux pour garder sa bonne humeur malgré l'attitude des Perone, qui étaient plutôt du genre négatif. Quand elle était entrée dans la maison, Harriet l'avait accueillie en lui criant dessus.

« Comment j'ai pu me laisser convaincre de jeter le bouquet de fleurs que Striker m'a offert pour notre première Saint-Valentin ?

— Et tous mes petits souvenirs, avait surenchéri Striker. Le programme de mon premier concert de Bruce Springsteen. À la poubelle.

— Tout ça prenait la poussière dans des cartons au grenier, répondit Jillian gentiment. Harriet, vous m'avez dit vous-même que vous n'y mettiez jamais le nez.

— Oui, mais on savait que c'était là-haut !

— Moi, je me disais qu'un jour je pourrais m'en inspirer pour écrire des chansons. » Striker se prit la tête entre les mains en signe d'impuissance.

« "Des photos jaunies, des tickets déchirés…". Vous vous souvenez de cette chanson de Gloria Stefan ? Ça se garde, tous ces trucs !

— Nous n'avons jeté aucune photo, répondit Jillian, croyant le réconforter.

— Ne faites pas semblant de ne pas comprendre !

— Désolée. Je suis sûre qu'après le vide-grenier, vous vous sentirez mieux.

— Et ce qu'on a jeté, c'est où ? Harriet dit que vous avez tout embarqué !

— Je sais par expérience que lorsque les gens acceptent de se séparer de leurs affaires, mieux vaut les faire disparaître le plus vite possible. Il m'est arrivé de donner un coup de main à des clients pour faire le tri dans leur fouillis et de revenir le lendemain pour m'apercevoir qu'ils étaient allés repêcher leurs vieilleries dans les poubelles en pleine nuit ! Et vous savez quoi ?

— Quoi ?

— Je les convaincs de nouveau de s'en débarrasser, répondit Jillian en souriant d'un air entendu. Au bout du compte, ils sont très heureux. Je vous promets que ce sera le cas pour vous aussi. Striker, vous n'avez pas besoin d'un carton plein de souvenirs pour écrire des chansons. Vous êtes un musicien talentueux. »

Striker baissa les yeux avec un haussement d'épaules.

« C'est vrai ! poursuivit Jillian. Allez ! On fonce, maintenant ! Notre vide-grenier nous attend ! »

Sans enthousiasme, les Perone aidèrent Jillian à disposer leurs affaires sur la pelouse. Mais la vente attira peu de monde. Une jeune mère commençait tout juste à regarder la marchandise exposée en plein soleil quand sa fille de cinq ans se mit à la tirer par la manche. « Il fait trop chaud, maman. Je veux me baigner.

— D'accord. On y va. »

Un couple repartit avec une coiffeuse et un vieux bureau. Une dame acheta quelques bijoux.

« Ouf ! Je respire ! dit Harriet. On n'aura pas tout perdu.

— Ah, tu trouves ! répondit Striker en fusillant Jillian du regard. Je ne sais pas ce qu'il te faut. »

52

Au volant de sa voiture, Goofy ruminait ses pensées de manière obsessionnelle. Supporter les railleries de ses amis à la sortie de ce film débile avait été une véritable épreuve, mais au moins, Monique l'avait toujours soutenu.

« Je t'aime, Goofy, lui disait-elle. Ignore-les, ces gens qui se moquent de toi. Ils sont jaloux, c'est tout. » Mais qu'elle insinue à présent qu'il en pinçait pour Cleo, c'en était trop ! Si elle savait ce qu'il en pensait vraiment, elle en aurait froid dans le dos.

Il se souvenait du jour où Cleo avait emménagé comme si c'était hier. Évidemment, le fait qu'elle soit jolie et sympathique ne gâchait rien, mais après tout, qui souhaite voir débarquer dans son immeuble un énième locataire ronchon qui passe son temps à se plaindre ? Cleo, fraîchement arrivée de New York avec ses valises, n'avait aucun meuble. Le premier jour, elle s'était fait livrer un lit. En l'espace de deux semaines, elle avait acheté un salon, des tables basses, des lampes. Lorsqu'il la trouvait en train de sortir des cartons ou des courses de sa voiture, il se précipitait pour l'aider. Elle était drôle, agréable à regarder et gentille avec ses enfants. Mais ensuite, elle s'était servie de lui.

Monique va m'en vouloir à mort de l'avoir laissée en plan à la plage sans voiture, pensa Goofy. Tant pis, elle n'aura qu'à appeler son insupportable cousine ! Elle viendra la récupérer. Quant à moi, je rentrerai quand je l'aurai décidé.

Et ce n'est pas pour tout de suite.

53

Dans la voiture de sa mère, Regan chercha l'adresse du jardinier sur son BlackBerry puis retourna à pied chez Edna. Elle la trouva dans le pavillon de jardin en compagnie de Nora et de ses amies de Golden Peaks.

« Wilbur a le béguin pour toi, Edna, disait l'une d'entre elles. Ça crève les yeux ! Il est amoureux !

— C'est vrai qu'on passe du bon temps tous les deux, répondit la maîtresse de maison, rayonnante. Je suis si heureuse de venir habiter à Golden Peaks !

— Voilà Regan », dit Nora.

Regan salua ces dames en approchant. « Coucou, tout le monde !

Maman, je vais faire un petit tour en ville. Je ne devrais pas en avoir pour longtemps.

— Allez-y ! répondit Edna avant même que la principale intéressée puisse ouvrir la bouche. Restez avec nous, Nora. Vous avez entendu Regan ! Elle n'en a pas pour longtemps.

— Bien sûr », fit Nora avec un petit haussement d'épaules.

Regan filait sur la grand-rue dans la charmante

petite ville où vivait Edna lorsque son portable se mit à sonner. Le jardinier. Bien, se dit-elle en mettant son oreillette. « Allô ?

— Bonjour, Judson à l'appareil. Je fais suite à votre appel.

— Oui, merci beaucoup, répondit Regan avant de lui expliquer pourquoi elle souhaitait s'entretenir avec lui. Je quitte juste la villa de Mrs Frawley. J'espérais vous trouver dans votre local.

— Raté ! Je viens de finir chez un client. Je m'apprêtais à manger un bout chez Sam, le traiteur qui se trouve sur Main Street. Vous pouvez m'y rejoindre si vous voulez. Ils ont des tables au fond. Mais je n'ai pas beaucoup de temps à vous accorder ; j'ai une autre pelouse qui m'attend.

— Parfait. »

Quelques minutes plus tard, Regan passait la porte du traiteur. Installé à une table à l'autre bout de la salle, Judson engloutissait son sandwich.

Approchant la trentaine, il était brun, les cheveux courts, musclé et bronzé. Il portait une paire de jeans, un tee-shirt plein de taches d'herbe et des bottes de jardinage. Il commença à se lever pour saluer Regan.

« Restez assis, je vous en prie, lui dit-elle en tirant la chaise en face de lui. Merci d'avoir accepté de me rencontrer.

— Pas de problème. Que se passe-t-il ?

— Vous l'avez compris, j'aimerais qu'on parle de l'ancienne locataire d'Edna Frawley. »

Il but une gorgée de thé glacé au goulot et esquissa un sourire. « Cleo Paradise ?

— Vous saviez donc qui elle était.

— Tout le monde savait, voyons ! On est dans une

petite ville, difficile de garder un secret par ici ! Mais elle est partie maintenant. Pourquoi ces questions ?

— J'ai eu ses parents au téléphone. Ils sont inquiets car ils n'ont eu aucune nouvelle d'elle cette semaine. Ils voudraient savoir où elle est. Ils m'ont chargée de m'en occuper. Elle va sûrement très bien, mais je me demandais si vous aviez eu l'occasion de discuter avec elle.

— Au tout début du mois, je suis allé chez Mrs Frawley plusieurs fois – pour tondre la pelouse ou jeter un œil à la piscine. Sa voiture était là mais Cleo Paradise restait dans la maison. Un jour, je suis arrivé alors qu'elle faisait des longueurs. Elle est tout de suite sortie de l'eau pour que je puisse faire mon boulot. Elle a été très sympa et m'a dit qu'elle s'appelait Cleo.

— Vraiment ?

— Oui. Mais elle ne m'a donné que son prénom. On a papoté pendant que je nettoyais la piscine et que j'ajoutais le chlore. Je suis resté cool, vous savez. Je n'ai pas montré que je savais qui elle était, même si je mourais d'envie de lui dire que je l'avais trouvée géniale dans *Un amour de concierge*. Elle était rousse avec les cheveux courts dans le film. Maintenant, elle est châtaine et ils lui arrivent aux épaules. Ça ne doit pas trop l'étonner qu'on ne la reconnaisse pas.

— J'ai cru comprendre en parlant avec Edna que Cleo avait envie qu'on lui fiche la paix. La presse n'a pas été tendre avec elle, après son deuxième film.

— Oui, mais vous vous doutez bien qu'elle a dû se sentir seule. D'après ce qu'elle m'a dit, l'amie avec qui elle était censée passer ses vacances ici lui a fait faux bond. Toujours est-il qu'ensuite elle est venue me tenir compagnie chaque fois que je me suis occupé de la piscine. Inutile de dire que lorsque je passe la tondeuse, je ne peux pas franchement discuter.

— Bien.

— Comme elle ne m'a pas dit son nom de famille, j'ai préféré ne pas poser de questions sur ses films. Je ne voulais pas la mettre mal à l'aise. Mais vendredi dernier, une camionnette est venue livrer un énorme colis pour Cleo Paradise c/o Edna Frawley. Elle n'était pas là ; du coup, je l'ai mis dans le garage, au cas où il pleuvrait. Et puis j'ai enlevé l'emballage en carton parce qu'il était sale et tout déchiré. Je comptais lui dire que sa malle était dans le garage quand je la reverrai, et faire genre ouah ! Vous êtes Cleo Paradise, l'actrice !

— La malle est arrivée vendredi dernier ?

— Affirmatif. Je viens ici tous les vendredis.

— Cleo a quitté la villa vendredi soir. La malle y est restée. Vous ne lui avez pas laissé un mot pour lui dire que vous l'aviez entreposée dans le garage ?

— Euh… fit Judson, embarrassé. Ben, non. Elle devait bien savoir que c'était la sienne, quand même. Je pensais bien faire, moi, en enlevant l'emballage. En plus, la veille, elle m'avait dit qu'elle allait probablement rester une semaine de plus. J'étais sûr qu'on allait se revoir. J'en avais même super envie ; je voulais lui parler de son film. Et après, j'apprends qu'elle est partie !

— Jeudi, elle vous a dit qu'elle comptait prolonger son séjour ?

— Oui. »

Regan fronça les sourcils. « Cleo garait-elle sa voiture dans le garage ?

— Non, répondit Judson d'un air penaud. Elle m'a dit qu'elle la rayerait à coup sûr si elle essayait. Elle roulait dans un 4×4 Lexus flambant neuf.

— Il est donc probable que Cleo n'ait pas vu la malle avant de partir.

— Qu'est-ce qu'il y a avec cette malle ? Quand vous aurez trouvé Cleo, elle pourra venir la récupérer, non ?

— Il y a un vide-grenier chez Mrs Frawley aujourd'hui. Le contenu de la malle est déjà vendu. »

Judson ne put réprimer son envie de rire. « Voilà qui ne m'étonne pas beaucoup ! C'est un drôle d'oiseau, cette Edna Frawley ! »

Regan haussa les épaules, un sourire sur les lèvres. « Judson, ce n'est pas la malle qui me préoccupe. Je dois retrouver Cleo. Vous a-t-elle dit quoi que ce soit qui pourrait m'aider ? Vous vous souvenez de quelque chose ? »

Judson se laissa aller contre le dossier de sa chaise et plissa les yeux. « Attendez que je réfléchisse… Je sais qu'elle ne voulait plus aller à l'océan.

— Pour quelle raison ?

— Elle a dit qu'elle préférait nager dans la piscine car elle s'était fait surprendre par une vague au début de son séjour. Elle a eu la peur de sa vie.

— C'est vrai que ça peut être très impressionnant. Donc, elle ne resterait pas forcément sur la côte. Où irait-elle si elle voulait passer quelques jours seule en attendant son amie ? Un endroit où elle pourrait se détendre.

— Aucune idée. Je repense à ce qu'elle m'a dit mais je ne vois pas.

— Merci, dit Regan en lui tendant sa carte. Si un détail vous revient, appelez-moi, d'accord ?

— Bien sûr. »

Une heure plus tard, Judson, qui poussait la tondeuse dans l'immense propriété des Appleton, se repassait le film des moments partagés avec Cleo Paradise. La dernière fois qu'ils s'étaient vus, il l'avait trouvée en train de bouquiner au bord de la piscine. Je lui ai demandé si elle aimait son livre. Elle a dit qu'elle le trouvait génial. Que ça parlait d'une famille de pionniers qui vivait dans une cabane en bois. Qu'elle enviait la simplicité de leur mode de vie. Je devrais peut-être en parler à Regan Reilly. Ou peut-être pas ? Je n'aurais pas l'air un peu débile ?

Judson remarqua une petite pierre sur la trajectoire de la tondeuse. Il s'arrêta et la lança de côté. Derrière la fenêtre, le vieil Appleton observait le moindre de ses gestes. Si je passe un coup de fil maintenant, il va hurler.

Je termine ce boulot, et peut-être qu'ensuite j'appellerai Regan Reilly.

Peut-être.

54

À l'heure de l'apéritif, Frankie servit son badinage habituel aux clients du bateau, mais le cœur n'y était pas. L'idée qu'il avait laissé filer l'opportunité d'acheter la maison à sa mère l'obsédait. Elle aurait quand même pu me téléphoner quand elle a reçu cette offre. Me donner une dernière chance. Ç'aurait été sympa. Mais non, madame préfère foncer et vendre la maison familiale sans même en discuter avec moi ou Karen. À l'heure qu'il est, elle est déjà en train de tout liquider. Le pire, se dit-il tout en faisant glisser ses doigts sur les touches avec aisance, ça va être de l'annoncer à Rhonda.

Quand je pense que c'est en partie ma faute. Je ne me doutais pas qu'un jour je chercherais à retourner dans cette maison. Mais sa rencontre avec Rhonda avait tout changé. C'était en tout point la femme qui lui fallait. Le fait qu'elle vive sur la côte et qu'elle soit propriétaire d'un restaurant où il pourrait se produire ne gâchait rien, mais ce n'était pas l'essentiel. Bref, les choses ne pouvaient pas mieux tomber. Jusqu'à ce que sa mère fasse des siennes. À présent, il allait devoir se démener pour trouver un endroit décent où installer sa nouvelle famille.

L'heure du dîner arriva. Frankie retourna dans sa cabine et composa le numéro du restaurant de Rhonda. L'un de ses employés décrocha.

« Rhonda est-elle là ? demanda Frankie.

— Qui la demande ?

— Frankie.

— Ne quittez pas. »

L'attente rendit Frankie encore plus tendu.

« Frankie ! s'exclama Rhonda depuis son bureau. Je ne m'attendais pas à avoir de tes nouvelles si tôt !

— Salut, Rhonda, répondit-il d'une voix morne. J'ai quelque chose à te dire. Ça ne pouvait pas attendre. Tu vas être déçue, j'en ai bien peur. Et crois-moi, si tu décides de ne plus jamais me parler, je comprendrai. »

Rhonda se sentit défaillir. Elle avait déjà annoncé ses fiançailles à tous ses amis – et à tous ceux qu'elle avait croisés en ville. « Frankie, si tu ne veux plus m'épouser, ne tourne pas autour du pot.

— Moi, ne plus t'épouser ? Non, Rhonda ! Tu n'y es pas du tout ! »

Frankie commençait à avoir des élancements dans la tête. « Oh, mon Dieu, non ! »

Soulagée, Rhonda refoula les larmes qui montaient. « Dans ce cas, qu'est-ce qui ne va pas ?

— J'ai appelé ma mère. Elle a vendu la maison il y a quelques jours. Elle est en plein vide-grenier à l'heure où je te parle. Il va falloir trouver un autre endroit. Ce ne sera sûrement pas aussi grand, et je ne parle pas de la piscine…

— Et tu crois vraiment qu'à cause de ça, je ne voudrais plus jamais te parler ? demanda Rhonda, incrédule. Encore moins t'épouser ?

— Euh, eh bien, disons que…

— Frankie, tu veux savoir ce que j'en pense ?

— Bien sûr.

— J'en suis ravie !

— Ravie ?

— Mais oui ! Tu sais, le coup de la belle-mère qui pense que je fais tout de travers, j'ai déjà donné ! Si on avait emménagé dans sa maison, ta mère aurait trouvé à redire au moindre changement de décoration. Elle a des idées très arrêtées, non ?

— C'est le moins qu'on puisse dire ! » Frankie se laissa aller en arrière sur son lit, le sourire jusqu'aux oreilles. « Je t'aime, Rhonda !

— Moi aussi, je t'aime. On va dégoter une maison à Asbury Park. Ça nous coûtera moins cher que la maison de ta mère. On pourra l'aménager ensemble – ce sera marrant – et elle ne pourra que prendre de la valeur. La ville retrouve son animation d'antan, avec tous ces artistes et musiciens qui s'y sont installés. Ils viennent dîner au restaurant à tout bout de champ.

— J'ai une chance incroyable de t'avoir rencontrée !

— Je ne te le fais pas dire ! Moi aussi, j'ai de la chance. Ta mère organise un vide-grenier. Tu veux que j'y passe pour voir si tout va bien ?

— Non ! Je t'en supplie ! N'y va pas !

— Frankie, c'était une blague !

— Ah, tant mieux ! Je tiens trop à nos projets pour te laisser rencontrer ma mère sans moi. Rhonda, tu ne sais pas à quel point j'aimerais pouvoir rentrer dès demain. Tu me manques tellement.

— Toi aussi, tu me manques. Tu seras là dans deux semaines. J'ai hâte.

— Deux semaines, répéta Frankie. Ensuite, nous chercherons une maison ensemble et on pourra repartir de zéro. C'était complètement idiot de proposer d'habiter chez ma mère. Vous ne vous seriez jamais sentis chez vous, toi et les garçons. » Quelqu'un frappa à la porte. « Un instant, fit Frankie. Rhonda, je dois retourner au bar. Je te rappelle plus tard. »

Il ouvrit la porte pour se retrouver nez à nez avec le directeur de la croisière.

« Gregory ! fit-il, décontenancé. Bonjour, que me vaut l'honneur ?

— Vous n'êtes pas sans savoir que mon neveu a dû renoncer à d'autres projets pour vous remplacer aussi vite. »

Cause toujours, pensa Frankie, sans se départir de son sourire de circonstance. « Et je lui en suis très reconnaissant.

— Il sera à bord dès demain.

— Demain ?

— Tout à fait. C'est le plus pratique pour lui. Il aura besoin de votre cabine.

— Ma cabine ?

— Oui, Frankie. Je suis certain que vous comprenez. On va vous trouver un vol pour rentrer aux États-Unis. Vous devez débarrasser les lieux avant qu'on arrive à quai demain matin. » Il jeta un œil à sa montre. « Ne soyez pas en retard au bar. »

Il tourna les talons et s'éloigna d'un bon pas.

Frankie claqua la porte, furibond. Il fallait que tu cherches à me coincer, hein ? Si j'avais demandé à partir demain, tu aurais dit non. Eh bien, mon pote, tu ne pouvais pas me faire plus plaisir ! Tu croyais m'annoncer une mauvaise nouvelle, pas vrai ? Comme moi avec Rhonda, il y a tout juste quelques minutes. Frankie se mit à rire. Je devrais la rappeler, non ?

Oui, mais ça devra attendre.

55

De retour chez Edna, Regan alla s'asseoir dans le pavillon de jardin près de Nora. Trop occupées à échanger les derniers potins, Edna et ses amies de Golden Peaks – Gladys, Tilda, Dot et Margaret – remarquèrent à peine son arrivée. Je ne vais pas m'attarder, pensa-t-elle.

« Ma fille arrive ce soir, annonça Edna. Demain, je lui montre la maison que je vais acheter à Golden Peaks. Quand elle la verra, je suis sûre qu'elle sera ravie. Et rassurée.

— Et quand elle verra Wilbur ? demanda Dot en gloussant derrière sa main.

— Ravie aussi ! Nous nous sommes si bien trouvés, Wilbur et moi. Qui ne le serait pas ? À part, bien sûr, son copain Labille. Quel grincheux, celui-là ! »

La joyeuse bande partit d'un éclat de rire.

« Ça, on peut dire qu'il ne saute pas de joie, commenta Gladys. C'est fou comme il est jaloux du temps que Wilbur passe avec toi. Dimanche soir, quand il a appris que tu vendais ta villa pour venir t'installer à Golden Peaks, il a quitté la salle de billard en courant.

— Wilbur est si gentil, surenchérit Tilda. Je ne comprends pas pourquoi il s'embête avec Labille. Dire qu'on lui a donné ce surnom parce qu'il a passé sa vie à traîner dans des salles de billard. Il n'y a pas de quoi être fier, franchement !

— Quand je suis rentrée chez moi dimanche dernier, j'étais totalement déprimée. Je savais qu'on allait se revoir avec Wilbur, mais j'avais peur qu'il se désintéresse de moi. Vous savez ce qu'on dit : loin des yeux, loin du cœur. Je craignais surtout que Labille s'en mêle. Mais ensuite, on m'a fait cette offre sur la maison. Acheter à Golden Peaks devenait possible ! Je n'en revenais pas ! Alors maintenant, je peux vous dire que je vais tout faire pour conclure ! »

Nouvel éclat de rire général.

« Aujourd'hui, Labille a Wilbur pour lui tout seul, reprit Edna. Qu'il en profite, ça ne durera pas.

— Il ne participait pas au tournoi de billard ce matin. Surprenant, non ? fit Dot en regardant ses amies tour à tour. Où a-t-il bien pu aller avec Wilbur ?

— À Atlantic City.

— À Atlantic City ? firent les pipelettes en chœur. Hmmmm. »

Edna haussa les épaules. « Labille voulait y passer la journée pour jouer au craps, expliqua-t-elle. Wilbur est bonne pâte. Il sait bien que Labille ne se réjouit pas vraiment de me voir arriver pour de bon à Golden Peaks. Il essaie de lui montrer qu'ils seront toujours amis. Moi, ce que je ne comprends pas, c'est pourquoi Labille n'a pas l'air plus intéressé que ça par la compagnie des femmes. N'était-il pas marié, toutes ces années ?

— Toi qui le trouves grincheux, qu'aurais-tu dit

de sa femme ? s'exclama Dot. Une vraie mégère, à ce qu'il paraît ! On n'a pas sorti les Kleenex, quand elle est morte !

— Dot ! fit Tilda, offusquée tandis que les autres ricanaient.

— C'est vrai. Personne n'a versé une larme au funérarium le jour de ses obsèques, pauvre Labille ! Elle l'a vacciné contre l'amour ! Mais bon, qui voudrait de lui ? Pas moi, en tout cas !

— Eh bien, il faut croire que ce sera un combat sans merci pour avoir Wilbur ! Mon petit doigt me dit que j'en sortirai gagnante.

— Fonce, cocotte ! dit Gladys. En amour comme à la guerre, tous les coups sont permis. »

Jody, qui s'était approchée, se tenait près de l'entrée du pavillon.

« Excusez-moi, Mrs Frawley. Un monsieur est intéressé par le buffet dans la salle à manger. Je lui ai dit qu'il n'était pas à vendre, mais il insiste pour vous faire une offre.

— Ma fille me tuerait ! s'exclama Edna. C'est un meuble de famille. Nous l'avons depuis des années et des années. Mais, voyons combien il est prêt à payer, ajouta-t-elle en se levant.

— Je vous attends à l'intérieur », dit Jody.

Nora regarda Regan tandis que les joyeuses commères se levaient.

« Nous, on file pendant que tu négocies, plaisanta Dot. Tu vas peut-être conclure, là aussi ! »

Les Reilly prirent Edna à part tandis que ses amies les devançaient. « Si vous avez promis ce buffet à Karen, pensez-vous que ce soit une bonne idée de le vendre ? demanda Nora à voix basse. Elle est déjà très contrariée.

— Ne vous inquiétez pas, chuchota Edna avec un geste de la main. Je ne vais pas le vendre. Mais j'arriverai peut-être à convaincre le type d'acheter autre chose. Venez me voir à l'œuvre ! »

Elle les gratifia d'un clin d'œil et partit saluer ses amies.

Nora se tourna vers sa fille. « Qu'est-ce que ça a donné, ton petit tour en ville ?

— J'ai parlé au jardinier. Il n'a pas la moindre idée de l'endroit où Cleo a pu aller. Je ne sais pas trop quoi faire, maintenant. J'ai les mains liées. Il est trop tôt pour prévenir la police et retrouver sa trace grâce à son portable ou sa carte bancaire.

— Nora, Regan, venez ! »

Toutes deux rejoignirent Edna à l'intérieur.

« Mrs Frawley, dit Jody, ce monsieur adore votre buffet ; il dit qu'il ne partira pas sans. » Puis s'adressant aux Reilly tandis que la maîtresse de maison accompagnait son client dans la salle à manger : « Je peux vous renseigner ?

— Non, merci, répondit Regan.

— Vous êtes là depuis un bon moment », reprit Jody, un sourire forcé sur les lèvres.

Tiens, notre présence dérange, pensa Regan.

« Je suis navrée, monsieur, mais il m'est absolument impossible de vendre ce meuble, dit Edna d'une voix forte. Je ne suis pas intéressée.

— Oh, pour quelle raison, Mrs Frawley ? »

Regan sourit à sa mère. « Allons voir ça ! »

Jody lui barra le passage. « Restez ici, s'il vous plaît.

— Pourquoi ?

— Si Edna se décide à vendre, elle sera en meilleure position pour négocier s'il n'y a pas de témoins.

— Vous l'avez entendue, répondit Regan en fronçant les sourcils. Elle ne vend pas.

— C'est ce qu'elle dit, mais s'il y met le prix, elle changera peut-être d'avis.

— Elle ne changera pas d'avis, s'interposa Nora. Laissez-nous passer. »

56

Daisy, en plein tournage d'une scène censée être drôle – son nouveau chéri et elle se garent sur le bas-côté pour changer un pneu et s'aperçoivent que le moteur ne va pas tarder à rendre l'âme –, avait toutes les peines du monde à être à ce qu'elle faisait.

Et si Cleo avait décidé de venir jusqu'ici pour me faire la surprise ? Elle est peut-être tombée en panne quelque part ? S'il lui est arrivé quelque chose, je ne me le pardonnerai jamais. Je me sens déjà tellement coupable de ne pas l'avoir accompagnée dans le New Jersey.

À la fin de la première prise, le metteur en scène la prit à part. « Daisy, lui dit-il en posant la main sur son épaule, tu dois avoir l'air de t'éclater comme une petite folle. Toi et Kyle filez le parfait amour. La vie est belle. Les spectateurs doivent le sentir. Ils sont censés craquer pour toi et frémir d'horreur sur leurs sièges au moment où April essaie de t'étrangler. Pigé ?

— Pigé. »

Cleo me remonterait les bretelles si elle savait que je joue comme un pied parce que je m'inquiète pour elle, pensa Daisy. Elle se comporte toujours comme une pro. Une fois, alors qu'elle se rendait sur le tournage d'*Un amour de concierge*, un automobiliste l'avait percutée de côté. Bien que sonnée, elle avait refusé d'aller à l'hôpital.

« Je ne peux pas me permettre d'être en retard », avait-elle dit au policier avant de lui demander d'appeler un taxi. Par la suite, elle avait confié à Daisy qu'elle n'avait jamais aussi bien joué de sa vie. « J'étais obligée de me concentrer. Ce n'est que le soir que je me suis rendu compte que j'avais mal partout ! »

Concentre-toi, se dit Daisy tandis que l'équipe se remettait en place pour une seconde prise.

Kyle lui fit un clin d'œil. « Ça va aller, cette fois.

— Action ! » s'écria le metteur en scène.

Aussitôt, Daisy ouvrit le capot dont s'échappait de la fumée, fit son plus beau sourire et se pencha en fermant les yeux.

« Qu'est-ce que tu fais ? demanda Kyle.

— C'est super bon pour la peau », répondit-elle en tournant la tête de gauche et de droite. Puis elle se mit à tousser.

« Pour la peau ? »

Le metteur en scène, qui suivait l'action sur un écran, esquissa un sourire. « Coupez ! » ordonna-t-il à la fin de la scène. « Voilà ! C'est ça ! » dit-il en se levant d'un bond.

Daisy, qui avait la gorge sèche à force de respirer la fumée artificielle, demanda une bouteille d'eau à la maquilleuse qui lui tapota ensuite le visage avec une éponge. Ils recommencèrent la scène deux fois. Elle jeta un œil à son portable tandis que l'équipe remettait la caméra en place.

Cleo n'avait toujours pas rappelé.

Dire que je trouve cauchemardesque de mater mon portable toutes les dix secondes quand j'attends le coup de fil d'un mec ! Ce n'est rien à côté du vide que je ressens là, tout de suite. Cleo ne m'a pas prévenue qu'elle quittait la maison pour que je reste concentrée sur mon boulot. J'essaie, Cleo. Mais qui t'a fait détaler ? Et où es-tu allée ? Tu m'as peut-être laissé un indice qui pourrait aider Regan Reilly à te localiser. Je devrais quand même me souvenir de ce que ma meilleure amie me raconte.

J'espère que tu vas bien, Cleo.

57

La cinquantaine, vêtu d'un costume bon marché, l'homme qui voulait acheter le buffet d'Edna arborait un air affecté que Regan trouvait horripilant.

« Je n'ai rien vu de folichon dans votre bicoque, Mrs Frawley, dit-il avec dédain. Vendez-moi ce buffet, ou bien je m'en vais !

— Eh bien partez, grossier personnage ! rétorqua Edna.

— Dans ce cas ! »

Il tourna les talons et sortit à toute vitesse.

Jody tenta de faire amende honorable. « Je suis navrée. Parfois, les gens disent qu'ils ne veulent pas vendre tel ou tel objet mais si on leur en propose un bon prix… »

Ben voyons, pensa Regan. Je parie qu'elle bosse à la commission, celle-là.

Elle discuta un instant avec Edna et Nora puis monta s'enfermer dans la chambre de Karen pour téléphoner à Jack.

« J'arrive d'ici une vingtaine de minutes, je pense ! lui dit-il.

— Super ! Viens directement chez Edna. » Elle l'informa ensuite des derniers développements. « Tu veux toujours te rendre utile ?

— Pour toi, je ferais n'importe quoi !

— J'aimerais qu'un de tes hommes fasse une recherche sur l'agent de Cleo et son fils. Ils prétendent ne pas savoir où elle se trouve – c'est peut-être vrai – mais le fils a l'air très remonté contre elle. S'il la croise, ça pourrait mal finir.

— Leur nom ?

— Flake. Ronald – c'est l'agent – et Horace, son fils.

— J'appelle mon bureau tout de suite. »

Cleo n'est probablement pas rentrée à Los Angeles, songea Regan. Mais je peux toujours passer un petit coup de fil chez elle. Elle trouva la société de gestion de l'immeuble de Cleo sur Internet et composa le numéro du siège. Comme elle pouvait s'y attendre, elle tomba sur un serveur vocal qui proposait plusieurs options. Elle appuya sur la touche zéro pour être mise en relation avec un opérateur mais tomba sur un autre enregistrement. C'est pas vrai ! Que faut-il faire pour avoir quelqu'un en ligne ? se demanda-t-elle.

Elle fut redirigée trois fois avant d'entendre une voix humaine. « En quoi puis-je vous aider ?

— Je voudrais parler au manager de Kings Way, je vous prie. »

Son interlocuteur ne jugea pas utile de répondre et la bascula sur un autre poste. Un répondeur se déclencha. « Bonjour, vous êtes bien sur la boîte vocale d'Alicia Isabelle Jurcisin. Je ne suis pas disponible pour le moment, mais… »

Regan laissa un message, priant Mrs Jurcisin de bien

vouloir la rappeler. Puis elle recomposa le numéro du siège en espérant tomber sur la même personne.

« Bonjour. Vous venez de me mettre en relation avec la responsable de Kings Way mais elle n'est pas joignable. Pouvez-vous me donner le numéro du concierge de l'immeuble s'il vous plaît ?

— Un instant... Son numéro est le 323...

— Et son nom ?

— Rufus Spells.

— Merci. »

Regan téléphona aussitôt et tomba sur un répondeur. *Ça m'aurait étonnée !* pensa-t-elle.

« Bonjour. Vous êtes bien chez Rufus Spells. Je serai absent jusqu'au 8 août. En cas de problème, veuillez contacter Alicia Isabella Jurcisin au... »

Bon. Je n'ai plus qu'à attendre que cette dame me rappelle. Daisy aussi – quand elle sera disponible. Je crois qu'il est temps de relancer une recherche sur Cleo Paradise. Je n'ai lu que les premiers résultats ce matin. Il faut dire que je n'imaginais pas m'intéresser à la demoiselle de si près. Regan tapa le nom de Cleo.

Des douzaines de résultats apparurent. Elle fit défiler les pages et finit par trouver un article pertinent. *Le concierge de Cleo l'a mauvaise !*

> *Rufus Spells, alias Goofy, s'est déclaré profondément blessé par la façon dont Cleo Paradise a singé ses manies pour interpréter son personnage dans* Un amour de concierge. *Humilié, il a refusé de nous accorder une interview. Nous l'avons filmé en train de sortir le bac des déchets recyclables. Découvrez sa réaction en images.*

Mince, alors ! pensa Regan en lançant la vidéo. Goofy avait, certes, une démarche maladroite, mais le personnage – qui sifflotait en travaillant – dégageait une réelle gentillesse. Jusqu'à ce que le cameraman l'interpelle. « Hey, Goofy, tire un peu la langue pour voir ! Comme Cleo faisait dans le film ! »

Le concierge lui jeta un regard furieux, comme s'il rêvait de lui envoyer la poubelle à la tête. Au lieu de quoi, il fit demi-tour et rapporta le bac dans l'immeuble.

En voilà un qui a de quoi en vouloir à Cleo, pensa Regan. Je regrette de ne pas avoir vu le film. Elle poursuivit sa lecture et découvrit que Cleo aimait bouquiner, se promener sur la plage et nager. Pas dans l'océan, commenta Regan *in petto*, se souvenant de l'épisode malheureux dont Judson lui avait parlé.

Cherchant à en savoir plus sur Goofy, elle tomba sur une vidéo qui venait juste d'être mise en ligne.

On y voyait le concierge en train d'ouvrir, tant bien que mal, un parasol sur une plage du New Jersey. Un adolescent décrivait la scène en voix off. « Un amour de concierge pris sur le vif ! Avec mes potes, on s'est mis à filmer ce type qui se battait avec son parasol. C'était trop drôle. Visez un peu comment il se met de la crème solaire partout ! Bien sûr, nous, on ne savait pas qui c'était ! Mais voilà qu'un avion à bannière passe au-dessus de nos têtes et que sa femme lui aboie dessus à propos de Cleo Paradise ! Oh là là ! Mort de rire ! Voyez l'avion ? C'est là qu'on a pigé que c'était le concierge de Cleo ! Regardez-le s'en aller furibard ! Détends-toi, Goofy ! Nous, on te trouve top ! Séquence filmée le 4 août à Seaside Heights, sur la côte du New Jersey. »

Oh, mon Dieu, pensa Regan. Il est dans le coin.

58

Dans le hall d'accueil d'une banque de l'Upper West Side, Scott remplit un bordereau de remise de chèque et commença à faire la queue derrière un jeune livreur chargé d'un gros sac d'espèces sonnantes et trébuchantes. Quand ce fut son tour, il se dirigea tout sourires vers le guichet numéro 13 qui venait de se libérer.

« Bonjour, fit la caissière en le regardant froidement de ses yeux gris.

— Bonjour. »

Scott glissa nerveusement le bordereau et le chèque sous la cloison vitrée qui les séparait.

Après avoir examiné le tout, l'employée se mit à pianoter sur son clavier, plongeant Scott dans une angoisse absolue. Comme si tout à coup, le mot « arnaqueur » était inscrit sur son front. Elle finit par valider l'opération et lui tendit un récépissé. « Merci.

— Merci », dit Scott avant de filer tout droit vers la sortie.

En retournant à sa voiture, il se sentit euphorique. Sans réfléchir, il décida de passer un coup de fil à Hayley. Pile au moment où il trouvait son numéro dans son répertoire, son portable se mit à sonner. C'était Jillian.

« Salut ! s'exclama-t-il.

— Où es-tu ? Tu as vu les Binder ?

— Non, ils ont annulé. Comment ça se passe chez les Perone ?

— Mal, répondit-elle. Très mal. »

59

Cela faisait plus d'une heure que Hayley avait rejoint Carwood Douglas et sa ribambelle d'assistants zélés dans le restaurant en toit terrasse de son hôtel.

« J'ai une idée ! annonça le producteur. On pourrait distribuer des carnets et des stylos aux invités. Tout le monde se mettrait dans la peau d'un psy et irait au-devant des autres en demandant : “Comment vous sentez-vous aujourd'hui ?” Ce ne serait pas mal pour briser la glace, non ? Et bien sûr, il faudrait installer des divans partout. Des divans et des boîtes de mouchoirs en papier.

— Ouah ! C'est une idée incroyable ! s'exclama l'un de ses sous-fifres.

— Brillant ! Tout simplement brillant ! surenchérit un autre.

— Hayley ? » demanda Carwood en levant sa coupe de champagne.

Celle-ci s'éclaircit la gorge.

« Mon sentiment ? Eh bien, il me semble que cela ferait son effet !

— Son sentiment ! Admirable ! Garçon ! fit

Carwood en claquant des doigts, une autre bouteille de champagne ! Hayley, vous êtes celle qu'il me faut pour organiser ma soirée. »

Quelque chose me dit qu'elle n'aura jamais lieu, cette soirée, pensa Hayley. Il veut juste en parler. « Ce sera un succès, répondit-elle pour donner le change.

— Hayley, poursuivit Carwood en se penchant vers elle, après des années de thérapie, il y a une chose dont je suis sûr. Vous voulez savoir quoi ?

— Je suis tout ouïe.

— Ce qui ne nous tue pas nous rend plus fort. Vous n'êtes pas d'accord ?

— Si, tout à fait. »

Et après une journée comme celle-ci, on devrait m'appeler Hercule, pensa-t-elle en prenant la coupe que lui tendait le serveur. Mon Dieu, faites que je puisse m'échapper au plus vite ! Je n'ai qu'une envie : appeler Regan. Elle ne sait pas encore que ce cher Scott m'a proposé de sortir samedi.

Si seulement elle avait pu le filer ce soir.

60

Je te hais, Cleo Paradise.

Tu crois que tu peux me berner en te réfugiant dans un village de cabanes ?

Tu rêves.

Je suis là, tout près.

Montre-toi. Sors de ta cachette.

61

Dirk tenait la main de Cleo fermement. « Non, non, non ! Je ne vous laisse pas partir », déclara-t-il en souriant.

Pendant un instant, elle fut assaillie par le doute. Je suis chez ce type que je ne connais ni d'Ève ni d'Adam ; il me tient un peu trop fort ; personne ne sait où je me trouve ; je dois être folle. Mille pensées traversèrent son esprit. En plus, je me suis enregistrée sous un faux nom. S'il me tuait, il ne serait même pas inquiété.

Dirk lâcha sa main et repositionna la glace sur sa cheville en grimaçant de douleur. « Ça commence à fondre. Vous voulez bien me préparer une autre poche ? »

Je suis parano, se dit Cleo. Complètement parano. Le pauvre, il a mal. Je viens juste de parler à sa mère. Pourquoi je suis incapable de faire confiance aux gens ? « Bien sûr, répondit-elle. Vous êtes certain de ne pas vouloir montrer votre cheville à un médecin ?

— Absolument certain. »

62

Regan regarda de nouveau la vidéo de Goofy Spells sur la plage. Suite à une dispute avec sa femme concernant Cleo Paradise, il avait mis les voiles, fou de rage. L'actrice avait reçu un bouquet de fleurs fanées à Los Angeles, puis un autre dans le New Jersey. Se pouvait-il que Spells soit derrière tout ça ? Si oui, de quoi était-il capable, à présent ? Avait-il causé de réels ennuis à la jeune actrice ? Daisy serait probablement en mesure de le lui dire. Elle composa son numéro mais dut se contenter de sa boîte vocale. Elle réessaya ensuite de joindre la responsable de Kings Way.

Quelle ne fut pas sa surprise lorsque celle-ci lui répondit !

« Bonjour, Alicia Jurcisin à votre service.

— Regan Reilly à l'appareil. Je vous ai laissé un message un peu plus tôt. Je suis dans le New Jersey, sur la côte. J'ai cru comprendre que Rufus Spells s'y trouvait aussi, à Seaside Heights pour être exacte.

— Il sera à son poste dès lundi, dit Alicia en éludant la question.

— J'ai longtemps vécu à Los Angeles avant d'emménager à New York. Goofy est tellement près d'ici ; j'aimerais beaucoup en profiter pour le revoir. Pourriez-vous me donner son numéro de portable ?

— Je suis navrée, mais cela m'est impossible.

— Je m'en doutais. À tout hasard, auriez-vous le nom de l'hôtel où il est descendu ?

— Il n'est pas à l'hôtel mais chez ses beaux-parents.

— Oh, sympa ! La famille de sa femme ! Qui s'appelle ?

— Monique.

— J'imagine que ce serait indélicat de vous demander leur numéro, n'est-ce pas ? Je trouverais tellement dommage de rater cette occasion de les voir.

— Je suis désolée mais je n'ai pas le droit de donner un numéro privé. Si vous le souhaitez, je peux noter le vôtre et le transmettre à Goofy.

— Ce serait très aimable de votre part. Donc, mon nom est Regan Reilly et mon numéro…

— Je me charge de le lui envoyer par texto.

— Merci beaucoup. »

Regan raccrocha, certaine qu'il ne la rappellerait pas. Après tout, il ne sait pas qui je suis. Et quand il entendra parler de cette nouvelle vidéo mise en ligne, il ne sera pas à prendre avec des pincettes. Il va être encore plus furieux contre Cleo. Si c'est bien lui, le coup des fleurs, ça ne me dit rien qui vaille.

Regan tapa le nom de Rufus dans la barre de recherche de son BlackBerry et y ajouta le prénom de sa femme. Si je pouvais au moins trouver son nom de jeune fille, pensa-t-elle. Banco ! Monique Cammarizzo Spells en photo à une réunion d'anciens élèves.

Elle consulta ensuite l'annuaire électronique en

quête d'éventuels Cammarizzo à Seaside Heights dans le New Jersey.

Elle entendit frapper à la porte.

« Entrez », dit Regan, sans lever les yeux de son écran, le dos à la porte. « Voilà l'adresse, murmura-t-elle. Mais le numéro est sur liste rouge. » Elle s'apprêtait à se lever lorsqu'elle sentit quelqu'un la saisir par la taille.

« Hé ! » protesta-t-elle avant de se rendre compte que c'était Jack, qui se penchait pour l'embrasser. « C'est toi !

— Qui d'autre ?

— Je ne sais pas ! Un acheteur enragé qui a repéré cette chaise ! » Elle appuya sa tête contre la sienne. « Inutile de rêver, il faut qu'on y aille.

— Où ça ?

— À Seaside Heights.

— Pour voir qui ?

— Le concierge de Cleo. Mon petit doigt me dit qu'il ne sera pas ravi de notre visite. »

63

Voilà des heures qu'on est dans ce casino miteux ! se dit Wilbur. Il fait sombre, c'est enfumé ; j'en ai ma claque. Labille s'était dirigé tout droit vers les tables de craps tandis que Wilbur se faisait la main aux machines à sous. Une fois perdus les cent dollars qu'il s'était autorisés, il avait fait le tour de la salle plusieurs fois avant de rejoindre Labille, toujours en pleine action.

« Si on rentrait ? avait-il suggéré.

— Écoute-moi bien, Wilbur ! Tu ne veux pas rester avec moi, très bien. Vas-y ! Cours rejoindre Edna ! Pour ce que ça me fait !

— Edna n'a rien à voir là-dedans. J'ai juste envie de sortir d'ici. J'ai vraiment besoin de prendre l'air. On pourrait se balader sur la promenade. »

Labille regarda sa montre. « On s'en va dans une heure, promis.

— Ça t'ennuie si je vais dehors ?

— Fais comme tu veux. »

Wilbur passa devant des rangées et des rangées de machines à sous étincelantes et retentissantes avant de se retrouver à l'air libre. Il ne se sentait pas très bien.

La chaleur était écrasante. Il alla s'asseoir sur un banc le long de la promenade et téléphona à Edna.

« Wilbur ! s'écria-t-elle. Comment se passe ta journée ?

— Bien, répondit-il sur un ton qu'il voulait enjoué. Et ton vide-grenier ?

— Plutôt pas mal. Mais, Wilbur, ajouta-t-elle à voix basse, il y a quelque chose qui cloche avec Cleo Paradise. Ses parents ne savent pas où elle est. Ils craignent qu'elle soit en danger.

— C'est affreux. »

Wilbur sentit comme un poids sur sa poitrine.

Edna lui dit à quel point elle avait été surprise de voir Nora Reilly débarquer avec sa fille Regan – détective privé. « Figure-toi qu'elle s'est lancée à la recherche de Cleo !

— Eh bien ! Je ne suis pas étonné d'apprendre que ton vide-grenier n'est pas tout à fait comme les autres ! Il suffit que tu sois quelque part pour que plus rien ne soit banal.

— Je dois prendre ça comme un compliment ou pas ?

— Tu sais bien que oui, ma chérie. Bon, je voulais juste te faire un petit coucou.

— Où es-tu ?

— Sur la promenade. Labille est au casino. Je vais y retourner, en espérant le convaincre de rentrer. J'ai envie de faire une sieste. Je te rappelle plus tard, au revoir. »

Wilbur ferma son téléphone à clapet, se leva et regagna le casino mollement. Je me sens épuisé, pensa-t-il. Mais qu'est-ce que je crois, moi ? À quatre-vingts ans !

Wilbur eut l'agréable surprise de trouver son ami

disposé à partir. Pour autant, ce dernier faisait triste mine. Ils rejoignirent ensemble le parking et montèrent dans la voiture de Labille.

« J'ai perdu beaucoup d'argent. J'aurais dû m'arrêter avant, murmura ce dernier en faisant démarrer la voiture.

— Je ne suis pas dans mon assiette. Je vais fermer les yeux un instant. Ça ne t'ennuie pas ?

— Pas du tout. Je vais écouter le match de base-ball. »

Je parie qu'il a misé de l'argent dessus, pensa Wilbur en reculant son siège. Puis il s'endormit.

64

Regan et Jack descendirent et rejoignirent Nora dans le petit pavillon. Edna, en pleine conversation téléphonique, se trouvait dans le jardin.

Nora accueillit Jack avec un grand sourire. « Je vois que mon gendre préféré a retrouvé ma fille !

— Oui, répondit Jack, et elle m'a déjà mis au travail. »

Puis, discrètement, Regan informa sa mère de leur plan.

« Le concierge de Cleo est dans le coin ? s'exclama celle-ci en remontant ses lunettes de soleil sur son nez. Intéressant.

— Sans compter qu'il ne fait pas franchement partie de son fan-club. » Puis se tournant vers Jack : « À propos de fan-club, tu aurais dû voir les deux énergumènes qui étaient premiers dans la file d'attente tout à l'heure. Le président du cercle d'admirateurs de Cleo Paradise en personne, accompagné de la vice-présidente.

— De drôles d'oiseaux, confirma Nora.

— Maman, chuchota Regan, tu peux peut-être t'échapper maintenant, non ?

— Je reste. Au point où j'en suis, comme dirait l'autre ! Cette Jody est un peu trop insistante à mon goût.

— Je trouve aussi. Karen te doit une fière chandelle.

— Je ne te le fais pas dire.

— À quelle heure papa arrive ?

— Vers dix-neuf heures.

— À plus tard, alors. Avec un peu de chance, ajouta-t-elle en haussant les épaules, on aura bientôt des nouvelles de Cleo. J'espère qu'elle va bien.

— Que Dieu t'entende », répondit Nora.

À ces mots, qui donnaient à la situation un caractère d'urgence, Regan frissonna.

« Bon, fit Edna, en rejoignant les Reilly, le téléphone sans fil à la main. C'était mon ami. Il est à Atlantic City.

— Tout va bien ? demanda Nora. Vous semblez soucieuse.

— Il m'a paru étrange, répondit-elle en s'asseyant. Il a dit qu'il avait envie de rentrer faire une sieste. Ça ne lui ressemble pas. Mais je suis sûre que ça va aller, ajouta-t-elle en essayant de chasser son inquiétude. Jack, je peux vous servir quelque chose ?

— Non, merci. Nous partons. »

Regan expliqua de nouveau où ils se rendaient. « Edna, je sais que vous n'avez pas beaucoup vu Cleo, mais si jamais quelque chose d'important vous revient, une parole ou je ne sais quoi qui pourrait nous aider à savoir où elle est allée, appelez-moi, d'accord ?

— Je le ferai, Regan », promit-elle sur un ton grave – comme si son inquiétude à propos de son ami avait induit une réelle prise de conscience : Cleo Paradise était peut-être en danger.

Dans la voiture, Jack enregistra l'adresse des Cammarizzo dans son GPS. À peine avait-il démarré que le portable de Regan sonna. C'était Hayley.

« Regan, j'étais impatiente de te parler. J'ai du nouveau, tu ne vas pas en croire tes oreilles.

— Moi aussi.

— Toi d'abord.

— Non, je t'écoute, dit Regan, plutôt soulagée de pouvoir différer l'annonce de la mauvaise nouvelle.

— D'accord. Tu es bien assise ?

— Oui.

— Scott m'a invitée à dîner samedi soir !

— Quoi ?

— Tu m'as bien entendue. Et il a eu le culot de me dire qu'hier soir il était avec son fils.

— Je n'en reviens pas.

— Je t'avais prévenue. J'ai accepté, cela va sans dire. Je lui prépare une drôle de surprise. Et toi, qu'est-ce que tu as appris ? »

Aïe, songea Regan. Quand faut y aller... « Ce matin, après t'avoir eue au téléphone, j'ai parlé à ma mère qui m'a demandé de la rejoindre à un vide-grenier sur la côte.

— Attends un peu ! Tu as dégoté une petite merveille pour trois fois rien, c'est ça ? J'adore ces histoires !

— Tu n'y es pas du tout.

— Ben quoi, alors ?

— Au vide-grenier, je suis tombée nez à nez avec la fiancée de Scott, annonça Regan, avant de prendre la précaution d'éloigner le combiné de son oreille.

— Sa fiancée ?

— Oui.

— Il est où, ce vide-grenier, que je loue une voiture avec chauffeur.

— Elle n'est plus sur place. Elle est partie à un autre vide-grenier.

— Incroyable ! Raconte, je veux tout savoir. Un autre vide-grenier ? Qu'est-ce que tu veux dire ?

— C'est son travail. Elle organise des vide-greniers avec une autre femme. Mais pas n'importe lesquels, apparemment.

— C'est à ça que s'adonne ma rivale ? demanda Hayley d'un ton sarcastique. On dirait que Scott aime les organisatrices d'évènements !

— Faut croire.

— Elle a une autre vente samedi soir, peut-être ? Monsieur n'a rien à faire ; du coup, il est disponible pour me voir, c'est ça ?

— Je ne sais pas, Hayley. C'est une bonne question. » Puis, après un moment d'arrêt : « Elle ne portait pas de bague de fiançailles.

— Ça ne veut rien dire du tout. Elle était peut-être trop grande.

— C'est vrai.

— Ou alors elle l'a trouvée horrible et elle veut qu'il l'échange.

— Possible.

— Je ne comprends pas ce qui se passe avec ce type. Je veux en avoir le cœur net. Réfléchis avant d'agir, tu disais, ce matin ? Regan, comment s'appelle la boîte de ces deux femmes ?

— Hayley, ne fais pas n'importe quoi.

— Regan, Scott est fiancé et il continue de m'inviter à sortir. C'est lui qui entretient cette situation insupportable. Pas moi. Et il va me le payer ! Comment s'appelle leur boîte ? Et elle ? Comment elle s'appelle ?

— Jillian. Son associée, c'est Jody. Je ne connais pas leur nom de famille.

— Et la boîte ?

— "Les Gourous du vide-grenier."

— Oh, non ! Ridicule !

— Je voudrais bien te donner un coup de main, Hayley, mais là, j'ai autre chose sur le feu. »

Elle lui parla de Cleo Paradise.

« Cleo Paradise ? J'ai croisé sa pire ennemie au restaurant ce midi.

— Sa pire ennemie ? Qui est-ce ?

— April Dockton, une actrice. Elle a failli décrocher le rôle dans *Un amour de concierge* mais c'est Cleo qui l'a eu. Tu sais ce que m'a dit ma cliente à midi ? Qu'à la place de Cleo, elle ne voudrait pas tomber sur April au coin d'un bois la nuit. »

65

Après le déjeuner, Kit s'arrêta au kiosque à journaux situé dans le hall de l'immeuble où elle travaillait. La couverture d'un magazine féminin à grand tirage attira son attention.

« Toujours pas mariée ? Arrêtez de faire la difficile ! C'est vrai ! Pour qui vous vous prenez ? »

Ben voyons, pensa-t-elle. Comme si c'était notre faute. Quand on lui reprochait d'être trop exigeante, Kit ne se privait pas de raconter la fois où un homme qu'elle fréquentait – et qu'elle aurait volontiers épousé – s'était tout à coup transformé en psychopathe et avait essayé de la tuer – avec sa meilleure amie ! Sur ce coup-là, j'aurais dû être plus difficile ! Je voulais tellement avoir quelqu'un dans ma vie que je n'ai pas voulu voir que c'était un fou dangereux ! Pourtant, certains signes ne trompent pas. Le type en question était également très beau et très riche, mais ça, elle ne s'en vantait pas.

Kit acheta le magazine puis le glissa dans un sac en papier. Pourquoi je fais ça ? se demanda-t-elle. Je dois être maso. Je sais très exactement ce qu'il y a dans cet article : les femmes comme moi méritent d'être seules parce qu'elles ne laissent aucune chance aux hommes comme Winston. Eh bien, voilà un nouveau week-end que je vais passer seule. Mais la cliente de Regan aussi ! Et elle, on ne peut pas dire qu'elle soit trop difficile ! Son mec est une belle ordure ! Se fiancer avec une autre sans même le lui dire !

De retour dans son bureau, Kit fourra le magazine dans un tiroir. La dernière chose dont j'ai besoin, c'est qu'on me voie avec ça. Surtout ici ! Ça resterait dans les annales.

Les heures passaient mais ce mot – difficile – résonnait encore dans sa tête. Peut-être, je dis bien peut-être, que je devrais appeler Winston, pensa-t-elle. Histoire de lui faire un petit coucou. Il n'y a aucun mal à ça, après tout. Et si je lui donnais une seconde chance ? Ce n'est pas dit qu'il accepte. Le lendemain de notre rendez-vous, il m'a laissé trois messages. Il s'inquiétait de me savoir bien rentrée dans le Connecticut, et moi, je n'ai jamais rappelé. C'est un homme attentionné. Ça saute aux yeux. Il est même allé dans un vide-grenier exprès pour sa sœur. Qu'est-ce qu'il a acheté déjà ? Un bocal à poissons et un aquarium ! C'est plutôt mignon ! Et il a fait bonne impression à Regan et à Jack quand ils l'ont rencontré sur la plage. Oh, zut ! Je ne sais plus. Il trimbale un flacon de vinaigre dans son sac de plage, quand même. Je ne suis pas sûre de pouvoir laisser passer ça. Sans parler de sa logorrhée sur les invertébrés. Quelle horreur ! Pourquoi faut-il que je me laisse influencer par le titre d'un magazine ? Cela dit…

Un collègue passa la tête dans l'embrasure de la porte. « Kit, la réunion va commencer.

— Je suis prête », répondit-elle en se levant.

Mon petit dilemme devra attendre. Il faudra que je demande à Regan ce qu'elle en pense. Cela dit, elle a d'autres chats à fouetter. Cleo Paradise est peut-être en danger, avec ce type aux fleurs à ses trousses.

Mon Dieu, songea Kit en frissonnant. Elle n'avait pas oublié ce qu'elle avait ressenti lorsque son petit ami – le cinglé – avait essayé de la tuer. Je n'ai jamais eu aussi peur de ma vie.

Faites qu'il n'arrive rien de ce genre à Cleo. Pourvu que Regan la trouve avant qu'il ne soit trop tard.

66

Ronald Flake était écœuré. Non seulement son fils l'avait fait descendre de sa voiture – sans ménagement aucun – mais en plus, il n'était pas revenu le chercher. Ronnie était resté comme deux ronds de flan sur le parking de la gare jusqu'à l'arrivée fracassante du train, alors il s'était enfin décidé à acheter un billet au guichet. Ébahi, il s'était installé dans un wagon quasiment vide et avait essayé de joindre Horace.

Qui n'avait même pas daigné répondre.

Comment ose-t-il me traiter ainsi ? se dit-il, les mains tremblantes de rage. La chair de ma chair, un loser de première. Il tient ça du côté de sa mère. Ronnie laissa un message à voix basse après le bip. « Fiston, tu ne vaux pas mieux que ton oncle Noogie, ce fêlé qui pourrit en prison. » Il raccrocha et rappela aussitôt. « Fiston, c'est triste à dire, mais tu es la plus grosse erreur de ma vie. » Clic. Encore, décida-t-il, le sourire jusqu'aux oreilles.

Il multiplia les messages – et les injures – jusqu'à ce que la boîte vocale d'Horace soit saturée.

67

Jack reçut un appel de son bureau en arrivant à Seaside Heights avec Regan.

« Je t'écoute, Keith, dit-il à son adjoint en mettant le haut-parleur de sorte que Regan puisse entendre la conversation. Qu'est-ce que tu as pour moi ?

— Horace Flake. Arrêté pour voies de fait à plusieurs reprises. Chauffeur de taxi illégal. De nombreux séjours en prison au cours des vingt dernières années.

— Où vit-il ?

— Dans le Queens, chez ses parents.

— Des infos sur le père ?

— Ronald Flake. Pas d'arrestations mais quatre dépôts de plainte à son encontre en huit ans. Des clients qu'il n'avait pas payés intégralement.

— Merci.

— Si tu as besoin d'autre chose, n'hésite pas.

— Entendu. À plus tard.

— Pauvre Cleo, commenta Regan tandis que Jack raccrochait. À sa place, j'essaierais aussi de les fuir, ces deux-là. On peut donc imaginer qu'elle cherche simplement à se faire oublier un peu. Je l'espère, en tout cas. »

Jack tourna dans une étroite rue bordée de jolis petits cottages dont les cours, minuscules, étaient agrémentées de graviers blancs. Seul le linge étendu dehors signalait une présence humaine. Il se gara devant la maison des Cammarizzo.

« Nous y voilà », dit Regan.

À peine étaient-ils descendus de voiture que la porte d'entrée s'ouvrit.

« Je reviens tout de suite ! » Une femme d'environ quarante ans, séduisante mais visiblement éreintée sortit de la maison, des clés de voiture à la main. Les cheveux châtain clair, elle portait un short en tissu-éponge bleu ciel et une chemise sans manches blanche. Elle avait l'air pressé.

« Excusez-moi, fit Regan depuis la rue.

— Quoi ?

— Je me demandais à tout hasard : Goofy est là ?

— Non, il n'est pas là. Ce crétin s'est disputé avec ma cousine et l'a laissée en plan à la plage avec les trois mômes. Sympa, hein ? Je vais les chercher. Quand je pense qu'il a le culot de se plaindre de moi alors qu'il prend toute l'eau chaude ! Qu'il aille se faire voir ! »

Elle monta dans sa voiture, sortit en marche arrière et appuya sur le champignon, faisant voler les graviers.

Regan et Jack échangèrent un regard perplexe.

« À la place de Goofy, je réfléchirais à deux fois avant de revenir, déclara Regan.

— Tu l'as dit !

— Si on attendait dans la voiture un peu plus haut dans la rue ? proposa Regan. Il va peut-être pointer le bout de son nez. »

68

« Hé bonjour ! fit Rhonda en voyant Striker et Harriet entrer d'un pas traînant dans son restaurant. Vous êtes là bien tôt, aujourd'hui ! Il fait encore jour !

— On a eu une journée horrible, grommela Striker.

— Vraiment horrible, surenchérit Harriet. Dire que c'est ma faute. On avait besoin de sortir. Mais on tenait aussi à vous féliciter pour vos fiançailles.

— Les nouvelles vont vite ! s'exclama Rhonda, tout sourires. Je suis tellement heureuse. J'ai hâte de vous présenter Frankie. Buvons un verre ! » Elle les conduisit à une table près de la vitrine. « Asseyez-vous et essayez de vous détendre. »

Les Perone s'affalèrent sur leurs chaises tandis que Rhonda faisait signe à une serveuse de venir. « Peggy, nous voudrions commander à boire, s'il vous plaît.

— Tout de suite. »

Une fois la commande passée, Rhonda resta près d'eux, les bras croisés. « Bon alors, vous me la racontez, cette horrible journée, ou vous préférez l'oublier ? »

Harriet leva les yeux au ciel. « Autant vous la raconter, ça vous évitera de faire la même erreur que nous.

— Vous m'intriguez, là !

— Eh bien, commença Harriet, j'ai eu la brillante idée de faire un grand ménage de printemps et d'organiser un vide-grenier. Comme je ne savais pas trop comment m'y prendre, j'ai fait appel à une entreprise spécialisée. Une dame est venue nous aider à nous débarrasser de notre fouillis », poursuivit-elle d'une voix étranglée.

Striker passa son bras autour de ses épaules. « Ce n'est rien, chérie.

— Non, ce n'est pas rien. Elle m'a convaincue de jeter un tas d'objets. Des choses très personnelles qu'on pensait garder toute notre vie. Des fleurs que Striker m'a offertes... »

Elle refoula ses larmes.

« Mes cartes de base-ball, ajouta Striker.

— J'ignorais que vous en faisiez collection. Elles peuvent avoir de la valeur.

— Inutile de me le rappeler. Le base-ball et la musique, c'est toute ma vie. En dehors d'Harriet. »

Cette dernière esquissa un sourire. « Heureusement qu'elle était partie quand tu as compris que tes cartes avaient disparu. Je ne t'ai jamais vu aussi furieux.

— Vous l'avez vue aujourd'hui ? demanda Rhonda.

— Oui, répondit Harriet. Le vide-grenier a eu lieu cet après-midi. Il n'y a pas eu foule. Une belle perte de temps et d'argent.

— Si jamais je croise cette bonne femme... » fit Striker, dépité.

Rhonda réfléchit un instant et s'apprêtait à dire quelque chose lorsque la serveuse posa leurs boissons sur la table.

Striker leva son demi de bière. « À vos fiançailles,

Rhonda. Il en a de la chance, votre Frankie. Nous sommes ravis pour vous.

— Ravis, répéta Harriet en levant son verre de piña colada.

— Merci », dit Rhonda en trinquant avec eux. Elle but une gorgée de vin et se mit à bâiller. « Je suis un peu fatiguée. Je me suis couchée à pas d'heure hier. J'ai fêté ça avec mes amis. On s'est beaucoup amusés. Tout le monde est venu me féliciter, même des clients que je n'avais jamais vus avant. C'est drôle, la gentillesse dont de parfaits inconnus sont capables. Cette façon de baisser la garde dans certaines situations. Un peu comme les gens qui font risette aux bébés dans les ascenseurs.

— Un ami m'a dit qu'il rencontrait plus de filles quand il promène son chien au parc que lorsqu'il va au bar », dit Striker.

Harriet se dérida. « Ce type est dingue ! Il épuise son chien ! Vous en voyez souvent, des chiens qui traînent la patte pour sortir ? »

Tous trois se mirent à rire.

« Vous êtes chouettes, tous les deux ! dit Rhonda. Oubliez cette histoire de vide-grenier. Cela dit, c'est plutôt rigolo : Frankie m'a dit au téléphone que sa mère en organisait un aujourd'hui, elle aussi.

— Il a grandi dans le coin, Frankie ? demanda Striker, du tac au tac.

— Oui, à Bay Head.

— Sa mère vit toujours ici ?

— Oui.

— Et Cleo Paradise a loué sa maison il n'y a pas longtemps ?

— Oui. Comment le savez-vous ?

— Comment je le sais ? La boîte qui nous a aidés s'occupait aussi de cette vente !

— C'était la même boîte ? demanda Rhonda, interloquée.

— Oui ! Et la mère de votre fiancé a passé une annonce dans le journal et loué un avion à bannière publicitaire pour survoler la plage.

— Ah bon ? Je n'ai pas lu le journal aujourd'hui…

— Eh bien, si Frankie avait une collection de cartes de base-ball, j'espère qu'il n'y tenait pas trop, parce qu'avec cette affreuse bonne femme, il peut être sûr qu'il ne la retrouvera pas. »

69

Regan et Jack attendaient depuis plus d'une heure dans la voiture. Pourtant, ni Goofy ni sa famille n'avaient reparu. Si la femme du cabinet de gestion avait bien envoyé le message de Regan au concierge, celui-ci avait, de toute évidence, préféré l'ignorer.

Daisy, en revanche, finit par rappeler. « Je viens juste de me libérer, dit-elle à bout de souffle. Regan, vous avez du nouveau ?

— Les parents de Cleo ont téléphoné depuis l'Europe. Ils n'ont pas non plus réussi à la joindre aujourd'hui. Ils rentrent aux États-Unis.

— Oh mon Dieu, ce n'est pas bon signe.

— J'ai des questions à vous poser au sujet du concierge de Cleo, annonça Regan avant d'expliquer où elle se trouvait. Je m'étonne de le savoir dans la région.

— C'est lui qui en a parlé à Cleo, en des termes très élogieux, d'où sa décision de louer une maison dans le coin.

— Était-il en colère contre Cleo à cause du film ?

— Au début, non. Cleo et lui s'étaient liés d'amitié.

Mais ensuite, il a essuyé tellement de mesquineries. Il a dit à Cleo qu'il avait l'impression d'être observé à la loupe. Il était très affecté par toutes ces moqueries. Son surnom n'a rien arrangé… Une vidéo de lui en train de se battre avec un parasol sur Internet ? Oh là là. Quand Cleo va savoir ça. Elle s'en est beaucoup voulu d'être à l'origine de cette réaction en chaîne. Sans compter que l'atmosphère était devenue pesante pour elle dans l'immeuble. La femme de Goofy, Monique, n'était déjà pas très sympa, mais après le film, ça n'a fait qu'empirer. Le bail de Cleo prend fin en octobre. Elle a déjà commencé à chercher un autre appartement.

— Monique n'était pas très sympa, dites-vous ?

— Pas vraiment. Cleo est une jolie fille, vous savez. Quand elle a emménagé, il y a deux ans, Goofy sautait sur la moindre occasion de la dépanner. Je suis sûre que Monique ne voyait pas ça d'un très bon œil. Sans parler de toute cette publicité – bonne ou mauvaise – autour de son mari à la sortie du film. Elle y a mis le holà le jour où un magazine a voulu prendre Cleo en photo avec Goofy. Monique n'est pas fan de Cleo, c'est moi qui vous le dis.

— À propos, elle a un fan-club, Cleo ?

— Non. Rien d'officiel, en tout cas. Pourquoi ?

— Au vide-grenier aujourd'hui, il y avait un drôle de couple. Ils se sont présentés comme le président et la vice-présidente du fan-club de Cleo Paradise.

— Je n'ose imaginer sa réaction, répondit Daisy, d'une voix tremblante. Regan, il faut la trouver.

— Je sais. Goofy savait-il que Cleo avait loué une villa sur la côte ?

— Oui. Elle essayait toujours de papoter avec lui, même si ces derniers temps, ce n'était plus pareil.

Quand elle lui a parlé de nos projets de vacances, il s'est contenté de dire que c'était bien. J'aimerais me souvenir de quelque chose qui pourrait vous aider à retrouver Cleo. Je me suis dit qu'elle était peut-être en train de me rejoindre en Floride, mais on va faire tellement de route après ; ça n'a pas de sens. Je suis censée prendre l'avion pour Newark. À mon avis, elle est restée dans les parages. Mais où exactement ?

— Le jeune homme qui s'occupe de la piscine de Mrs Frawley pense qu'elle se sera éloignée de la côte. Cleo lui a raconté qu'elle s'était fait renverser par une vague. Elle a eu très peur.

— Elle m'en a parlé aussi. C'est arrivé en fin d'après-midi, quand il n'y avait plus de sauveteurs. Elle a dit qu'elle ne se baignerait plus jamais seule dans l'océan. Si j'avais été là, on aurait passé notre temps à la plage, ajouta Daisy avec regret. Regan, à mon avis, Cleo aura cherché un endroit calme sans pour autant se terrer dans un hôtel. Elle aime courir. Et elle adorait camper avec ses parents. Pour ce que ça vaut.

— Autre chose, Daisy. Je viens de parler avec une amie qui a déjeuné dans un restaurant new-yorkais aujourd'hui. Elle y a croisé April Dockton, l'actrice…

— April Dockton ! interrompit Daisy. Elle déteste Cleo. On tourne dans le même film. Dans une scène, elle doit m'étrangler. Je peux vous dire qu'elle n'a pas eu à faire semblant quand on l'a faite. »

Super, pensa Regan. « J'imagine que vous n'avez pas son numéro alors ?

— Non. Mais l'équipe de prod doit l'avoir. Vous voulez que je leur demande ?

— Oui. Je ne sais pas encore sous quel prétexte je pourrais l'appeler, mais je trouverai. »

Regan lui raconta ensuite l'épisode avec les Flake.

« Le fils est complètement dingue. Il a invité Cleo à sortir plusieurs fois. Elle a toujours refusé. Quand elle vivait à New York, il lui proposait tout le temps de l'amener à ses auditions. Cleo ne pouvait pas le supporter.

— Ça se comprend. On ne peut pas dire qu'il déborde de charme. Daisy, si vous arrivez à avoir le numéro d'April, rappelez-moi.

— Sans faute. Et je continue de réfléchir. »

70

La voiture s'arrêta brusquement. Wilbur ouvrit les yeux avec l'impression de s'être assoupi un bon moment. « Où est-on ? demanda-t-il à Labille en regardant sa montre puis les environs. Il était dix-huit heures. Ils étaient garés sur le parking d'un petit restaurant sur une route de campagne. En face, un bois.

Labille éluda la question. « J'ai un service à te demander, grogna-t-il, visiblement tendu.

— Pardon ?

— J'ai une course à faire. Tu veux bien m'attendre au restaurant ? Tu n'as qu'à boire un café.

— Un café ? Labille, j'ai envie de rentrer.

— S'il te plaît, c'est important. Je te promets d'être de retour très vite.

— Combien de temps on va mettre pour rentrer ?

— Ne t'inquiète pas de ça. Dépêche-toi, Wilbur.

— Incroyable. »

Dépité, Wilbur ouvrit la portière et s'extirpa lentement de son siège. Encore patraque, il n'avait qu'une envie : être chez lui, étendu sur son canapé. Labille redémarra sans même un regard en arrière.

Tout était calme et tranquille, à l'exception du bruit des grillons.

Wilbur se retourna, fit un pas et s'effondra sur le sol.

71

« Les voilà », dit Regan tandis que la voiture de la cousine de Monique passait devant la leur. « Jack, ça fait des heures que j'ai laissé ce message à Cleo. Elle n'a toujours pas rappelé. On ne sait pas quand Goofy va refaire surface. Sa femme est là. Je peux peut-être la convaincre de me parler.

— Je te suis », répondit Jack en démarrant.

Quand ils se garèrent devant la maison des Cammarizzo, les garçons avaient déjà disparu à l'intérieur. Monique et sa cousine sortaient des sacs de courses du coffre.

Regan et Jack descendirent de voiture.

« Je vous ai déjà dit que Goofy n'était pas là, lança la cousine en les voyant. Qu'est-ce que vous voulez, encore ?

— Je suis la femme de Goofy. Pourquoi le cherchez-vous ? demanda Monique avec méfiance, le visage rouge de colère.

— Je suis détective privé, expliqua Regan. À vrai dire, nous essayons de retrouver la trace de Cleo Paradise. Ses parents n'ont pas eu de nouvelles d'elle récemment ; ils se font du souci. Elle a quitté la villa qu'elle louait sur la côte vendredi dernier. Nous ignorons si elle est rentrée chez elle à Los Angeles. On se disait que votre mari pourrait peut-être appeler des voisins pour savoir si quelqu'un l'a vue là-bas cette semaine.

— Fichez-nous la paix. Goofy est en vacances. Je ne vois pas en quoi la prétendue disparition de Cleo le concerne.

— Je n'ai pas parlé de disparition, rétorqua Regan. Les parents de Cleo sont inquiets et je souhaite explorer toutes les possibilités. Vous-même êtes mère, je suis sûre que vous comprenez. Pouvez-vous essayer de joindre votre mari pour moi ?

— Il n'a pas son portable avec lui.

— Savez-vous où il se trouve ?

— Non. Nous étions à la plage et il est parti. Je ne sais pas quand il rentrera.

— Monique, je leur ai dit qu'il t'avait laissée en plan, ce crétin. »

Monique réagit au quart de tour : « Sheryl ! Tes commentaires sur mon mari, tu les gardes pour toi, compris ?

— Super vacances, vraiment ! maugréa la cousine.

— Pouvez-vous me donner le nom d'un de vos voisins, histoire que je sache s'ils ont vu Cleo cette semaine ? » demanda Regan.

Monique se contenta de hausser les épaules.

« Au risque de me répéter, les parents de Cleo se font un sang d'encre. Si vous étiez sans aucune nouvelle de l'un de vos enfants, quel que soit son âge, vous seriez probablement…

— Bon, d'accord ! interrompit Monique. Quand on

part en vacances, Goofy a toujours les numéros des résidents de l'immeuble. Vous n'avez qu'à les appeler. Moi, je n'ai pas le temps.

— Pas de problème.

— Mais je ne sais pas si je fais bien de donner ce genre de renseignements à de parfaits inconnus. »

Jack sortit sa plaque.

« Oh, fit Monique, dans ce cas... »

L'un de ses fils, qui avait observé la scène depuis la fenêtre, sortit en courant. « Hey, m'sieur, je peux voir votre insigne. Vous êtes un vrai policier ?

— Oui ! répondit Jack en se baissant.

— Moi, une fois, j'ai vu un méchant ! annonça-t-il tout excité.

— C'est vrai ?

— Tommy, de quoi tu parles ? demanda sa mère.

— J'étais sur le trottoir. Le méchant, il était à moto et il a jeté des fleurs pas belles du tout sur la voiture de Cleo. C'était pas gentil.

— Ça s'est passé quand ?

— Je sais plus.

— Tu aurais dû en parler à papa et maman.

— Mais maman, tu as dit "Plus un mot sur Cleo Paradise !" *Plus un mot !* »

La vérité sort de la bouche des enfants, songea Regan.

Monique étouffa un grognement. « Bon, je vais chercher la liste. Viens, Tommy.

— Mais, maman !

— Hey, bonhomme, dit Jack gentiment. Écoute ta maman. Mais d'abord, tope là ! »

Fou de joie, Tommy tapa dans la main de Jack de toutes ses forces.

« Bravo ! » dit Jack en lui ébouriffant les cheveux.

À contrecœur, Tommy suivit sa mère et la cousine Sheryl qui arborait une mine renfrognée. Monique revint dans la minute avec une feuille de papier. « Vous pouvez la garder. Goofy en a plusieurs exemplaires.

— Merci, dit Regan. Ça vous dérange de me donner votre numéro ?

— Il est sur la liste.

— Super », fit Regan en tendant sa carte de visite à Monique. « Demandez à votre mari de m'appeler quand il sera rentré, d'accord ? Vous savez comme nous ce que votre fils a vu. Cleo pourrait vraiment être en danger. Elle a peut-être dit quelque chose à votre mari qui nous aiderait à la localiser.

— D'accord. »

Regan et Jack remontèrent dans la voiture. « Bon, au moins nous savons que ce n'est pas Goofy qui a fait le coup, pour le bouquet de Los Angeles, dit Regan en attachant sa ceinture.

— Je me demande qui était le type sur la moto, fit Jack. Et maintenant, qu'est-ce que tu veux faire ?

— On pourrait retourner chez Edna, non ? Je vais commencer à passer quelques coups de fil. Monique va sûrement demander à Goofy de me contacter quand il sera de retour. Sinon, on repassera chez eux plus tard. »

Sur la route, Regan réussit à joindre plusieurs personnes figurant sur la liste. Personne n'avait vu Cleo.

« Il y a un menu de restaurant qui dépasse de sous sa porte depuis plusieurs jours, raconta l'un de ses voisins. Je ne crois pas qu'elle soit dans le coin.

— Merci beaucoup, dit-elle avant de raccrocher. Il est de plus en plus clair que Cleo n'est pas rentrée chez elle.

— Daisy a probablement raison. Cleo doit être tout près d'ici. »

Le téléphone de Regan se mit à sonner. « Tiens, je ne reconnais pas le numéro. Allô ?

— Regan ! s'écria une femme, complètement hystérique. C'est Edna !

— Edna, que se passe-t-il ? demanda Regan, inquiète pour sa mère.

— Wilbur a fait un malaise, peut-être une crise cardiaque ! Il est aux urgences dans une ville paumée dans l'ouest de l'État. L'hôpital vient de me prévenir. Ils ont appelé le dernier numéro composé depuis son portable. Heureusement que c'était moi. Vous pouvez m'emmener là-bas avec Jack ? Je vous en supplie ! Votre mère m'a dit que Jack avait une sirène dans sa voiture, qu'on pourrait y être très vite. Il y a tellement de circulation…

— Bien sûr, Edna. On est à deux minutes de chez vous.

— Merci, Regan. Merci ! »

Jack, qui avait tout entendu, alluma la sirène et fonça chez Edna où celle-ci attendait sur le trottoir avec Nora. Toutes deux sautèrent sur la banquette arrière.

« Faites vite, Jack ! gémit Edna. S'il vous plaît ! Je suis furieuse. Labille, cet imbécile, a laissé Wilbur dans un restaurant au milieu de nulle part pour aller faire une course. Il savait très bien que Wilbur n'était pas très en forme. Dieu seul sait où il est passé ! Mais quand je lui aurai mis la main dessus, je lui tordrai le cou, vous pouvez me croire ! »

72

À peine Judson avait-il fini de tondre la pelouse de Mr Appleton que le vieux grincheux sortit de sa maison pour inspecter le jardin, les poings sur les hanches. « Beau travail.

— Merci, répondit Judson, surpris du compliment.

— Ma femme et moi recevons des amis ce week-end. Elle vient de me dire que les meubles du patio auraient bien besoin d'un petit coup de propre. Vous pourriez faire le boulot pour nous ? Je vous paierai.

— Bien sûr, Mr Appleton. J'ai un créneau de libre demain.

— Demain, c'est trop tard. Il faut le faire maintenant. Nos invités arrivent dans la matinée. »

Collant de sueur et épuisé, Judson n'avait qu'une envie : rentrer chez lui pour boire une bière. Il s'était dit qu'il appellerait Regan Reilly pour lui parler du livre que Cleo Paradise lisait quand elle était chez Mrs Frawley. Le vieil Appleton n'était pas commode, mais Judson ne pouvait pas se permettre de perdre sa clientèle. La bière et le coup de fil devraient attendre.

« Bon, d'accord, dit-il aimablement. Je vais le faire maintenant.

— Je savais que vous diriez oui, jubila le vieux. Suivez-moi au garage.

— Au garage ?

— Oui. Il y a six fauteuils supplémentaires là-bas. Il va falloir les nettoyer à la brosse. Je veux que vous les voyiez avant qu'on se mette d'accord sur votre rémunération. »

Eh bien, je ne suis pas près de sortir d'ici, pensa Judson.

73

« C'est à cent cinquante kilomètres d'ici, annonça Jack qui avait enregistré l'adresse de l'hôpital dans le GPS.

— Cent cinquante kilomètres ! » répéta Edna sur un ton plaintif.

Nora lui prit la main. « Tout va bien se passer. Jack va nous y conduire en un rien de temps.

— Oh, Nora, reprit Edna, affligée. Je devrais peut-être appeler Karen. Elle comptait louer une voiture avec chauffeur à l'aéroport. Son avion a dû atterrir à l'heure qu'il est.

— Donnez-moi son numéro, Edna, dit Regan, son portable en main. Je vais la joindre pour vous. »

Karen décrocha dès la première sonnerie. « Allô ?

— Karen ?

— Oui.

— Regan Reilly à l'appareil, la fille de Nora Reilly. Votre mère est…

— Oh, Regan. J'ai hâte de vous rencontrer. J'ai demandé à Nora d'aller jeter un œil chez ma mère aujourd'hui. Elle fait un vide-grenier.

— Je sais…

— Je viens d'avoir mon frère Frankie au bout du fil. Sa fiancée lui a dit que les personnes que ma mère a engagées pour l'aider sont douteuses, si ce n'est pire. Un ami à elle faisait aussi un vide-grenier aujourd'hui. Elles lui ont fait jeter sa collection de cartes de base-ball. Certaines valaient une fortune. J'espère qu'elles n'ont pas joué de mauvais tour à ma mère…

— Karen, oubliez le vide-grenier. Nous sommes en route vers l'hôpital. Le petit ami de votre mère…

— Son petit ami ? s'écria-t-elle. Quel petit ami ?

— Wilbur, répondit Regan sans rentrer dans les détails de la vie amoureuse d'Edna. Il est aux urgences. On soupçonne une crise cardiaque. Ma mère et moi y amenons votre mère.

— Quel hôpital ? Où ? »

Regan lui donna les indications nécessaires avant de lui passer sa mère.

« Karen, j'ai du mal à respirer. Je ne peux pas parler. Tu viens à l'hôpital ? demanda Edna en pleurant.

— Oui. Je vais dire au chauffeur de m'y conduire.

— Merci, ma douce, à tout à l'heure. Au revoir. » Edna rendit l'appareil à Regan. « Je vous empêche de travailler ; je suis désolée.

— Ce n'est rien, Edna. On vous dépose à l'hôpital et on repart à la recherche de Cleo. »

Sirène hurlante, Jack filait à vive allure en direction de l'ouest. Il quitta bientôt la nationale pour se retrouver sur une route sinueuse qui s'enfonçait dans la campagne. Il faisait presque nuit. Regan remarqua au passage un panneau qui annonçait un village de cabanes en bois – *unique dans le New Jersey.*

Daisy n'avait-elle pas dit que Cleo aimait partir

camper avec ses parents ? J'ai entendu dire qu'il y avait plein de terrains de camping dans le coin, près de la percée du Delaware. Cleo aurait-elle pu venir jusqu'ici ?

En arrivant à l'hôpital, Jack s'arrêta devant l'entrée des urgences. « Allez-y. Je vais garer la voiture. »

Edna passa les portes automatiques en courant. « Wilbur Parks ! cria-t-elle. Où est-il ? »

Se tournant vers son écran d'ordinateur, la réceptionniste fronça les sourcils. « Il me semble qu'ils l'ont emmené au bloc. »

Edna glapit tel un animal blessé et s'effondra sur le comptoir. Regan et Nora essayèrent de la réconforter.

« Mince, fit la réceptionniste platement. J'ai confondu avec quelqu'un d'autre. M. Parks va beaucoup mieux. Vous pouvez le voir. »

Nouveau cri d'Edna – de soulagement cette fois. Les Reilly la suivirent dans une zone protégée des regards par un rideau. Assis dans un lit, Wilbur avait un tube à oxygène dans le nez. « Wilbur ! Comment vas-tu ? demanda Edna en l'embrassant tendrement sur le front.

— J'ai connu mieux, répondit-il en esquissant un sourire. Mais ils sont formels : ce n'était pas une crise cardiaque. J'ai passé trop de temps dans ce casino surchauffé et enfumé. À mon âge, a-t-on idée ?

— Oh, merci mon Dieu.

— Edna, dit Nora doucement, nous allons vous laisser seuls.

— Pas question ! Je vous présente. Wilbur, voici mes nouvelles amies, Nora et Regan Reilly. Des amies bien plus fiables que ce satané Labille. On peut savoir où il est, celui-là ?

— Il a appelé pour dire qu'il avait une urgence familiale. Oh, regardez, le voilà. »

Toutes les têtes se tournèrent vers Labille qui approchait, les chaussures boueuses, la mine honteuse.

Edna, les narines gonflées par la colère, s'avança vers lui et le bouscula. « Qu'est-ce qui ne tourne pas rond, chez toi ?

— De quoi tu parles ? demanda Labille sur un ton geignard.

— Comment as-tu pu laisser Wilbur au bord de la route ? C'était quoi, cette course que tu devais faire ? Réponds !

— Un problème familial. Mon cousin est très malade et sa femme n'a aucune envie de recevoir des inconnus chez elle. Je pensais en avoir pour quelques minutes à peine. » Les larmes lui montaient aux yeux. « Mon cousin est malade. Je m'en veux énormément, Wilbur. »

Vise un peu les larmes de crocodile, songea Regan.

« Sors d'ici ! » cria Edna.

Labille jeta un coup d'œil à Wilbur espérant son soutien. Mais c'était peine perdue.

« Tu as entendu la dame ? demanda Wilbur.

— Va te faire voir, lança Edna en poussant de nouveau Labille. Tu ferais mieux de déguerpir si tu ne veux pas finir sur un brancard. »

Labille dut s'agripper à la barre de sécurité du lit de Wilbur pour ne pas tomber à la renverse. Son portefeuille tomba de sa poche, révélant une liasse de billets de cent dollars.

« Tu m'en diras tant ! fit Edna tandis que Labille ramassait son argent. En voilà une petite fortune !

— Je croyais que tu avais tout perdu », dit Wilbur en levant le poing.

Labille sortit comme un ouragan.

Regan regarda Edna. « Labille savait-il que Cleo Paradise louait votre maison ?

— Tout le monde le savait, non, chérie ? demanda Wilbur.

— La nouvelle a circulé, si je puis dire, répondit Edna avec un air coupable.

— Je reviens », fit Regan en tournant les talons. Elle croisa Jack qui entrait aux urgences et l'attrapa par le bras. « Viens ! Faut y aller !

— Où ça ?

— Tu vois l'homme qui monte dans la voiture, là-bas ? C'est lui qui a lâché Wilbur. Je ne sais pas pourquoi, mais je sens qu'il ne faut pas le laisser filer. Dépêche-toi ! »

74

Labille tourna à gauche en sortant du parking de l'hôpital.

« Bien ! dit Regan. Il ne retourne pas à Golden Peaks, sinon il serait allé à droite.

— Je vais tâcher de le filer discrètement, répondit Jack. Mais ça ne va pas être simple, il roule plutôt vite.

— Edna l'a carrément viré des urgences. Wilbur lui a même dit d'aller se faire voir. Il ne s'attend sûrement pas à être suivi. »

La route sans éclairage était sinueuse. Regan résuma la situation : Labille semblait à cran, ses chaussures étaient pleines de boue, il savait que Cleo avait loué la villa d'Edna. Il n'avait peut-être rien à voir avec la disparition de la jeune actrice mais, aussi sûr qu'elle s'appelait Regan, il manigançait quelque chose.

Labille mit son clignotant gauche et s'engagea sur un chemin de terre en pleine forêt marqué « sans issue ». Jack garda ses distances.

« Je vais attendre une petite minute, dit-il. Mais je ne voudrais pas qu'il nous devance de trop. »

Peu après, il quitta la route principale et roula au

pas sur le chemin cahoteux et sombre, guidé par la seule lumière de ses veilleuses. Autour d'eux, des bois. Enfin, un corps de ferme et une étable éclairés apparurent sur leur gauche. Droit devant, là où le chemin prenait fin, plusieurs voitures. Face à l'étable, garé en marche arrière, un énorme camion de déménagement.

« Que peut-il y avoir dans cette étable ? demanda Regan.

— On va y jeter un œil, mais d'abord, laisse-moi prévenir la police locale. »

Aussitôt le coup de fil terminé, Regan descendit de voiture, suivie de Jack qui lui prit la main. Tous deux se dirigèrent à pas de loup vers la propriété. Bientôt, des voix parvinrent à leurs oreilles. Ils approchèrent jusqu'au camion et trouvèrent les portes de l'étable grandes ouvertes.

Dedans, ni vaches, ni chevaux, ni poules. Devant leurs yeux s'étalait tout un capharnaüm, digne des rêves les plus fous d'un accro aux vide-greniers.

« Les affaires sont bonnes ? » lança Regan.

Scott, Jillian, Jody, Labille, le président et la vice-présidente du fan-club de Cleo Paradise et deux ou trois autres « clients » présents chez Edna levèrent le nez.

« Que faites-vous ici ? Sortez ! ordonna Scott en se précipitant pour fermer la porte.

— Très mauvaise idée, dit Jack en sortant son insigne. Inutile de résister. »

Regan désigna une table sur laquelle se trouvait la collection de crânes appartenant aux parents de Cleo. « Tiens, j'ai déjà vu ça quelque part. Je suis impatiente de découvrir ce que vous avez d'autre. Oh, et ces cartes de base-ball. Je connais quelqu'un qui va être heureux de les retrouver. »

Au loin, une sirène de police.

Vêtu de la même chemise mal coupée que quelques heures plus tôt, le « président » du fan-club de Cleo s'enfonça dans un fauteuil récupéré chez Edna. « Pourquoi je me suis laissé entraîner là-dedans ? Je vais coopérer ! Je vous en prie. Moi, je n'ai fait que me pointer à leurs ventes pour acheter ce qu'elles m'avaient dit d'acheter avec l'argent qu'elles m'avaient refilé. Ce n'est pas un crime, quand même ! C'est Jody et Jillian, les vraies coupables. Elles fixent des prix dérisoires et s'en mettent plein les poches quand elles revendent. »

Regan secoua la tête d'un air écœuré et s'adressa à Scott : « Vous êtes une belle crapule ! Pourquoi faire marcher mon amie Hayley, hein ? Vous vous fiancez avec Jillian hier soir et prévoyez de sortir avec Hayley samedi !

— Quelles fiançailles ? s'écria Jody. C'est quoi, cette histoire ?

— Mon mari et moi avons suivi Scott jusqu'à un restaurant hier soir. Jillian l'a rejoint. Il l'a demandée en mariage. Il avait mis la bague dans son beignet chinois. Romantique, n'est-ce pas ?

— Incroyable ! fit Jody, furieuse. Vous essayez de me doubler, tous les deux, ou quoi ?

— Vous doubler ? s'étonna Regan qui n'y comprenait plus rien.

— Fiancés ! Impossible, ils sont cousins, expliqua Monsieur le président. Escroquer les gens, c'est leur boulot ; ils font ça en famille. Qui sait ce qu'ils mijotent encore ? Ils sont toute une bande. Tous liés par le sang !

— Ils ne sont pas fiancés ? demanda Regan.

— J'espère bien que non ! rétorqua Jody. Des cousins au second degré ! La vérité, c'est qu'ils ont préparé un coup dans mon dos. Et je saurai de quoi il retourne ! »

Moi aussi, pensa Regan avant de se tourner vers Labille. « Quel rôle avez-vous joué dans tout ça ? »

Monsieur le président se fit un plaisir de répondre à sa place. « Lui, c'est le mari de feu leur grand-tante. Il va souvent au casino avec Scott. Il les a tuyautés sur le vide-grenier de Mrs Frawley. »

La voiture de police arriva, gyrophare en action. Deux agents remontèrent l'allée en courant.

Le portable de Regan se mit à sonner. Elle répondit dès la première sonnerie.

« Regan, c'est Judson.

— Oui, Judson.

— Je voulais vous parler d'un détail à propos de Cleo. C'est peut-être idiot, mais…

— Ce qui serait idiot, c'est de ne pas m'en parler.

— Okay. Un jour, Cleo était au bord de la piscine en train de lire. Je lui ai demandé si elle aimait son bouquin. Elle a dit qu'elle adorait.

— Continuez.

— Eh bien, ça parlait d'une famille de pionniers qui vivait dans une cabane en bois. Cleo était attirée par la simplicité de leur mode de vie. Je ne sais pas. Je suis désolé, je…

— Ne soyez pas désolé, Judson. Je vous rappelle plus tard. » Regan tapota le bras de Jack. « On y va.

— Maintenant ?

— Oui, encore une intuition, mais fondée, cette fois. Je crois savoir où trouver Cleo. »

Ils regagnèrent la voiture de Jack au pas de course malgré la boue.

75

Cleo et Dirk passèrent de longues heures ensemble sans voir filer le temps. Après le déjeuner, ils avaient regardé un vieux film et plusieurs épisodes de *Bonanza*. Pour le dîner, Cleo avait réchauffé une pizza qu'ils avaient arrosée d'une bouteille de vin.

« Je ferais mieux de rentrer maintenant, avait-elle fini par dire.

— Pourquoi ? » demanda Dirk alors qu'ils étaient assis côte à côte sur le canapé. « Vous ne passez pas un bon moment ? »

Mieux que ça, songea-t-elle. Je n'en reviens pas, tellement je me sens bien. Elle esquissa un sourire. « Si je ne passais pas un bon moment, vous croyez que je serais restée si longtemps ?

— Finissons le vin, répondit Dirk en remplissant leurs verres. Ensuite vous pourrez partir, c'est promis. Mais… jusqu'à demain seulement ! »

76

« On perd peut-être notre temps, dit Regan tandis que Jack et elle montaient dans la voiture, mais ça m'est égal. Je veux absolument jeter un œil à ce village de cabanes que j'ai vu sur la route.

— Je l'ai remarqué aussi, répondit Jack en démarrant.

— D'après Daisy, Cleo aimait bien camper. Et le jardinier, que je viens d'avoir au téléphone, m'a dit qu'elle lisait un livre sur une famille de pionniers qui vivait dans une cabane en bois. On doit suivre toutes les pistes.

— Je suis de ton avis, Regan. Si je me souviens bien, c'est à une quinzaine de kilomètres d'ici », dit-il en faisant demi-tour.

Sur la route, l'obscurité les obligea à ouvrir grand les yeux. Regan repéra enfin le panneau qui annonçait le camp.

« Le voilà ! » s'exclama-t-elle.

Le village se trouvait à quelques centaines de mètres de la route principale. Depuis le parking, ils aperçurent la réception où les lumières étaient toujours allumées.

Ils se garèrent à côté d'un 4×4 immatriculé en Californie. « Pourvu que ce soit la voiture de Cleo », dit Regan en se dirigeant vers l'accueil.

D'après le panneau sur la porte, c'était ouvert jusqu'à vingt-deux heures. À l'intérieur, une femme d'une soixantaine d'années.

« Puis-je vous aider ? demanda-t-elle.

— Je l'espère. Je me présente : Regan Reilly, détective privé. Voici mon mari, Jack, de la police de New York. »

Ils sortirent leur badge.

« Que se passe-t-il ?

— Nous sommes à la recherche de Cleo Paradise, l'actrice. Ses parents m'ont engagée. Certains éléments portent à croire qu'elle a peut-être pris ses quartiers ici.

— Il n'y a personne de ce nom parmi nos clients. Vous dites que c'est une actrice ?

— Oui. Elle a tout juste vingt-quatre ans et une nomination aux oscars à son actif.

— Ma parole ! Je ne suis plus à la page, question vedettes de cinéma ! J'adore Robert Redford. Et je craquais littéralement pour Paul Newman – paix à son âme.

— Il se peut que Cleo se soit enregistrée sous un nom différent, dit Regan, quelque peu impatiente. Elle conduit un 4×4 blanc immatriculé en Californie. On en a vu un sur le parking. À qui appartient-il ?

— Oh, je crois que c'est celui de Connie Long.

— Connie Long ?

— Oui. Elle est venue ici pour écrire un livre. Laissez-moi consulter le registre. »

77

Cleo reposa son verre vide sur la table basse. « Il est temps que j'y aille. » Puis se tournant vers Dirk : « Mais avant, je dois vous dire quelque chose.

— Je suis tout ouïe, répondit Dirk en lui frôlant le bras.

— Je suis actrice.

— Vraiment ? Vous êtes douée, ça se voit. Je suis certain qu'un jour, vous serez célèbre. Cela dit, je vous conseille de finir d'abord votre livre ! »

Cleo se mit à rire. « À vrai dire, je n'écris pas de livre. Et je suis déjà célèbre ! J'ai même été nominée aux oscars cette année. Vous avez entendu parler du film *Un amour de concierge* ?

— Je ne l'ai pas vu, répondit Dirk, abasourdi, mais ma mère et ma sœur, oui. Elles ont adoré ! Elles étaient intarissables sur la concierge loufdingue. » Il marqua un temps d'arrêt. « Attendez… vous êtes Cleo Paradise ? »

Cleo acquiesça. « Je tenais à vous le dire avant qu'on passe plus de temps ensemble. Je ne veux pas que vous pensiez que je joue avec vous. Dans quelques jours, mon amie Daisy me rejoindra et on rentrera ensemble en Californie. Elle tourne en Floride en ce moment.

— Oh. » Dirk réfléchit un moment. « Ça signifie que je ne vous reverrai plus jamais ?

— Bien sûr que non.

— Vous m'avez plu au premier coup d'œil. Ça m'est bien égal, que vous soyez Connie Long ou Cleo Paradise.

— Je m'en rends compte. Ce n'est pas le cas de tout le monde. Certains hommes refuseraient en bloc de fréquenter une actrice ! »

Dirk lui fit son plus beau sourire puis se pencha pour l'embrasser. Il repoussa doucement une mèche de cheveux de son front en la regardant droit dans les yeux. « Tu ne m'en voudras pas si je t'appelle Connie sans faire exprès ? Parce que pour moi, tu seras toujours Connie.

— Appelle-moi comme ça tout le temps. »

Ils s'embrassèrent de nouveau.

« À demain, dit-elle en se levant. Ça va aller, ce soir, avec ta patte folle ?

— Oui. Je voudrais pouvoir te raccompagner. Prends la lampe torche près de la porte et, une fois arrivée, passe-moi un petit coup de fil.

— Promis. »

Cleo essaya de ne pas montrer qu'elle avait peur de rentrer seule.

« Merci, Connie. »

Cleo se pencha pour lui donner un dernier baiser.

Dehors, l'inconnu qui les épiait à travers la fenêtre bouillonnait de colère. Pourquoi lui, Cleo ? Pourquoi lui ?

78

« C’est bien la voiture de Connie Long, déclara la dame de la réception.

— Vous la connaissez ? demanda Regan.

— Je l’ai aperçue aujourd’hui. Quand elle est partie au lac avec le patron.

— Quel âge a-t-elle ?

— Vingt-trois, vingt-quatre ans. Fine, les cheveux châtain clair. Jolie comme tout.

— Comme Cleo. C’est peut-être elle. Pourrions-nous appeler le chalet de Miss Long ?

— Il n’y a pas le téléphone dans les chalets. Mais je vais appeler mon patron ; elle était avec lui aujourd’hui.

— Très bien », répondit Regan tandis que l’employée composait déjà son numéro.

« Dirk ?

— Oui, Mrs Briggs.

— Il y a là une femme détective à la recherche d’une actrice qui s’appelle Cleo Paradise. Elle m’a montré sa carte professionnelle. D’après ce qu’elle dit, Miss Long pourrait bien être cette actrice.

— Pouvez-vous me passer cette personne ?

— Bien sûr. » Mrs Briggs tendit le combiné à Regan.

« Bonjour. Regan Reilly à l'appareil.

— Bonjour, Regan. Dirk Tapper. Vous cherchez Cleo Paradise, c'est bien ça ?

— Tout à fait. Elle est injoignable. Ses parents et son amie sont très inquiets à son sujet.

— Qu'ils se rassurent ! Elle vient juste de partir de chez moi. Elle est restée tout l'après-midi. » Il se mit à rire. « Je peux même vous dire qu'on a passé un super moment !

— Vous m'en voyez ravie ! s'exclama Regan. Cleo va pouvoir les appeler. Quel soulagement pour tout le monde ! Pouvez-vous me dire où se trouve sa cabane ? Je voudrais lui parler en personne.

— Elle est au numéro 4. Demandez à Mrs Briggs de vous indiquer le chemin. Ce n'est pas loin de la réception. Je vous y conduirais volontiers moi-même, mais je me suis foulé la cheville. N'oubliez pas de prendre une lampe de poche sur le comptoir. Et repassez-moi Mrs Briggs, s'il vous plaît.

— Merci. Merci beaucoup, dit Regan.

— C'est vrai, alors ? demanda Mrs Briggs à Dirk. Connie Long est une vedette de cinéma ? Incroyable ! Oui, je vais leur montrer. » Elle s'exécuta aussitôt. « Vous voyez ce sentier, au milieu ? Connie, ou Cleo – ma foi, je ne sais plus – est dans la première cabane au sommet de la colline. Vous avez votre lampe ; avec les réflecteurs rouges de chaque côté du sentier, vous devriez vous en sortir.

— Merci encore, dit Regan.

— Je vous en prie. »

En sortant du chalet de Dirk, les vieilles peurs de Cleo refirent surface. Le cœur battant, elle descendit le raidillon en toute hâte, munie de sa lampe torche. Elle revit son maillot de bain sur la corde à linge. Elle accéléra le pas. Ça va aller, se raisonna-t-elle. D'ici quelques minutes, je serai en sécurité. Je passerai un coup de fil à Dirk, puis à Daisy. Quand je vais lui raconter ma journée avec lui… Dans les bois à l'entour, un bruit sec – une brindille qui craque ? – lui donna des sueurs froides. Elle se mit à courir, courir, jusqu'à sa porte.

Jack et Regan traversèrent le parking et empruntèrent le sentier.

« Le patron m'a semblé très sympa, dit Regan. Cleo était avec lui depuis le début de l'après-midi. Quelle bonne nouvelle !

— Comme quoi, un mystère peut trouver une explication toute simple. »

Ils aperçurent au loin une femme munie d'une lampe de poche devant la cabane de Cleo. Elle ouvrit la porte, alluma la lumière de dehors et entra.

Au même instant, un homme portant un masque de ski surgit de l'obscurité, un couteau dans une main, un bouquet de fleurs mortes dans l'autre, et fonça sur elle.

« Oh mon Dieu ! » s'écria Regan en accélérant le pas avec Jack.

Cleo poussa la porte de toutes ses forces en criant mais l'intrus, plus fort, la fit tomber à la renverse. « Non ! hurla-t-elle. Non ! »

Il lui jeta les fleurs au visage. Elle essaya de lui échapper mais l'homme la prit par le bras. « Tu n'auras plus jamais l'occasion de me dire non, Cleo ! Jamais ! » s'écria-t-il en levant son couteau.

Jack s'élança et lui saisit les poignets. « Oh que si », rétorqua-t-il en le serrant de plus en plus fort.

Cleo recula précipitamment, évitant de justesse le couteau qui atterrit par terre.

L'intrus hurla de douleur. Regan lui ôta son masque d'un coup sec.

C'était Winston.

79

« Pourquoi personne ne m'aime ? pleurnichait Winston tandis qu'on l'emmenait, menottes aux poignets. J'essaie juste d'aider les autres, moi. »

Le portable de Regan se mit à sonner. Aïe, c'est Kit ! se dit-elle. Je n'ai pas fini d'en entendre parler.

« Salut, Kit.

— Regan ! Je te dérange ?

— Eh bien…

— Okay, je me dépêche ! C'est à propos de Winston. Je suis tombée sur un magazine qui faisait sa une sur les femmes célibataires. L'idée que si on n'est pas mariée, c'est qu'on est trop difficile. Tu vois le genre ? Ça m'a trotté dans la tête tout l'après-midi et je m'étais décidée à lui passer un petit coup de fil.

— Je vois.

— Mais ensuite, je me suis souvenue d'un truc qui m'a paru étrange. Winston m'a dit qu'il venait d'une famille nombreuse. Je me suis ennuyée ferme le soir où je l'ai vu, alors c'est vrai que, pour préserver ma santé mentale, je ne l'ai écouté que d'une oreille.

— Oui.

— Mais il a dit qu'il n'avait pas de sœur. J'en suis presque certaine. Je crois qu'il t'a menti au vide-grenier. Je ne sais pas pourquoi mais, du coup, je ne l'ai pas appelé.

— Sage décision, Kit. De toute façon, il aurait été trop occupé pour répondre.

— Que veux-tu dire ?

— On a retrouvé Cleo.

— Super ! Où ça ?

— Dans un village de cabanes dans le New Jersey. Winston était là aussi, à deux doigts de la poignarder. On est arrivés juste à temps.

— Quoi ? Oh, mon Dieu ! Cleo va bien ?

— Elle est secouée, mais ça va. On a réussi à joindre ses parents et son amie. Ils sont tous très soulagés. Ils arrivent demain. En fait, Winston a voulu venir en aide à Cleo quand elle s'est fait renverser par une vague au début de son séjour chez Edna. Il lui a proposé de la raccompagner mais elle a refusé. Apparemment, ça lui a fait perdre la tête. On n'en sait pas beaucoup plus pour l'instant. »

Kit jeta son magazine à travers le salon. « Dis donc ! Tu as vu les hommes avec qui tu me branches, Regan !

— Je sais, Kit. Tu ne veux pas nous rejoindre sur la côte pour le week-end ? C'est l'anniversaire de ma mère samedi. Mon petit doigt me dit qu'on ne va pas se contenter d'une petite fête ! »

Samedi 6 août

80

Dans le jardin des Reilly, à Spring Lake, Jack et Luke suaient à grosses gouttes autour du barbecue où cuisait tout un assortiment de viandes : bœuf, poulet, saucisses et steaks à hamburger.

« On n'avait pas prévu de dîner tranquillement au restaurant tous les quatre ? chuchota Luke d'un air amusé.

— Vous savez bien que Nora organise une grosse fête à la moindre occasion », répondit son gendre en riant.

Regan et Nora revinrent de la cuisine avec des plateaux où s'empilaient des pains à hot dogs et à hamburgers.

« On peut savoir ce qui vous fait rire, tous les deux ? » demanda Nora.

Luke passa son bras autour d'elle et l'embrassa sur le front. « On disait que pour se reposer, il n'y a rien de tel que de s'occuper des grillades.

— Oh, toi ! J'ai pensé que c'était une bonne idée pour fêter mon anniversaire.

— Je plaisante. C'était une très bonne idée.

— Papa, demain, Jack et moi, on vous invite aux Breakers pour un brunch. Tu pourras te reposer et te faire servir.

— Combien on sera ? Douze ? demanda-t-il, les yeux pleins de malice.

— Oh là là ! Toi, ce qui te chagrine, c'est d'être passé à côté d'une bonne dose d'action.

— Un peu, oui ! Pendant que tu courais après les méchants, moi j'étais coincé sur la route 444 dans un embouteillage monstre. »

Jack fit un clin d'œil à Regan. Celle-ci regarda les invités tout autour. « Tout le monde a l'air de s'amuser. »

Cleo et Dirk, tendrement enlacés, étaient de la fête.

« Vous savez, Cleo, répéta la mère de Dirk pour la énième fois, quand je vous ai parlé au téléphone l'autre jour, votre voix m'a semblé familière. J'aurais dû me rendre compte que c'était vous. Je suis bête. J'ai vu *Un amour de concierge* trois fois ! Cet oscar, vous le méritiez ! Il était à vous ! »

Cleo esquissa un sourire. « Je vous remercie.

— Dans quoi allez-vous jouer maintenant ?

— Je ne sais pas. J'attends la fin de mon contrat avec mon agent. Ensuite, je verrai bien ce qu'on me propose.

— Plus qu'une semaine, Cleo ! murmura Daisy. Et bon débarras, monsieur Flake ! » Puis se tournant vers Goofy : « Surtout, ne signez pas chez lui !

— Promis ! » répondit-il sous le regard rempli d'adoration de Monique.

Leurs enfants couraient partout dans le jardin et, maillets de croquet en main, frappaient leurs boules colorées avec une énergie incroyable. Judson essayait de leur apprendre les règles du jeu. La vidéo de Goofy avec son parasol s'était propagée sur le Net en un rien de temps, lui valant plusieurs propositions de film. « Je ne sais pas qui sera mon agent, mais je lui dirai que je ne fais que des comédies. Les drames, j'ai donné !

— Tu l'as dit ! fit Monique en souriant. Cleo, vous êtes certaine que le motard de Los Angeles n'est pas dangereux ?

— Oui. Daisy a passé quelques coups de fil. Il s'agirait d'un ancien élève de notre cours de théâtre qui roule en Harley Davidson. Personne ne veut de lui à Hollywood. Il s'est mis à faire ce genre de farces en espérant se faire remarquer. Ce n'est pas bien méchant. Je n'ai jamais signalé l'incident, ça a dû le contrarier.

— Pas bien méchant, comme vous dites, mais tout sauf drôle, répondit Monique.

— C'est grâce à Tommy qu'on a résolu ce mystère, dit Cleo.

— La concurrence est féroce dans le show-business, commenta Daisy. Ça ne m'aurait guère étonnée d'apprendre qu'April Dockton était derrière tout ça. À ce qu'il paraît, elle est allée s'enterrer dans un camp de yoga à Lenox dans le Massachusetts quand elle a su que le rôle qu'elle espérait décrocher était pour Cleo. Ce qui est sûr, c'est qu'elle a bien besoin d'en faire, du yoga ! J'ai cru qu'elle allait vraiment me tuer quand on a fait cette scène, ajouta-t-elle en se massant le cou. Tout ça parce que je suis amie avec Cleo !

— Dirk, fit Yaka sur un ton jovial, visiblement pressée de changer de sujet. J'adore vos chalets ! Cliff aussi. Votre camping est exceptionnel. Et je sais de quoi je parle !

— J'espère que vous viendrez souvent.

— Comptez sur nous ! répondit Cliff. Nous allons installer notre musée dans les parages. On se met à chercher un local dès lundi. Mrs Briggs et Gordy nous ont gentiment proposé leur aide.

— Tout à fait », acquiesça Mrs Briggs.

Edna et Wilbur étaient assis à une table en compagnie de Karen, Frankie, Rhonda et plusieurs de leurs amis de Golden Peaks.

« Ce n'était pas une mauvaise idée, ce vide-grenier, finalement ! dit Edna. Grâce à moi, Regan est venue jusqu'ici et elle a pu sauver Cleo avec Jack. Mis à part cette affreuse bande d'escrocs, ça ne pouvait pas mieux se terminer !

— Maman, ne t'attribue pas tout le mérite, objecta Karen. C'est quand même moi qui ai demandé à Nora de venir.

— C'est cela, oui », répondit Edna en haussant les épaules. Puis prenant son verre : « Rhonda, bienvenue dans la famille !

— Merci. »

Rhonda se tourna vers Frankie qui lui donna un petit baiser.

« Comme c'est mignon ! dit Edna. Tu sais, Frankie, je peux toujours demander à mon acheteur s'il veut bien casser la vente.

— Non merci, maman. Tout va bien. » Puis levant son verre : « Wilbur, soyez également le bienvenu au sein de notre famille. »

Edna et Wilbur s'étaient fiancés aux urgences.

Hayley et Kit, qui avaient tout de suite accroché, comparaient leurs histoires d'amour désastreuses.

« Je n'en reviens toujours pas, s'écria Hayley. Scott n'est qu'un arnaqueur doublé d'un menteur. Aller jusqu'à inventer une organisation caritative, quelle imposture ! Tu imagines ? Il a fait semblant de se fiancer, espérant mettre ces gens en confiance pour mieux les plumer ! Quand je pense qu'il s'est servi des photos prises lors des soirées auxquelles il m'a accompagnée. Une vraie ordure, ce type !

— Au moins, il n'a pas cherché à tuer qui que ce soit, murmura Kit. Tu te rends compte un peu ? Winston avait retapissé tous les murs de son appartement avec des photos de Cleo ! La police a même retrouvé plusieurs exemplaires de ses films avec un reçu datant du 8 juillet. Le lendemain du jour où il a voulu lui venir en aide à la plage. Il m'a vite oubliée, c'est le moins qu'on puisse dire ! Sa mère a raconté aux enquêteurs que sa seule copine l'avait planté le jour de leur mariage ! Elle leur a demandé d'être indulgents à son égard.

— À mon avis, personne n'en fera autant pour Scott, répliqua Hayley. À notre prochaine rencontre », ajouta-t-elle en levant son verre.

Après le dîner, Regan et Jack apportèrent le gâteau d'anniversaire de Nora. On n'y voyait que les bougies !

« Regan, une demi-douzaine aurait suffi », protesta Nora tandis que les invités entonnaient un « Joyeux anniversaire ».

« Tu n'as encore rien vu ! » répondit Regan en levant un sourcil.

À vingt et une heures, Cliff Paradise demanda le silence. « Ma femme Yaka et moi-même sommes ravis d'être parmi vous ce soir. C'est pour nous un énorme soulagement de savoir Cleo hors de danger. Grâce à vous tous et, surtout, grâce à Regan et Jack Reilly. Nous ne vous remercierons jamais assez. Le New Jersey, que je découvre, aura toujours une place à part dans nos cœurs. Comme vous tous. Je propose que nous allions tous de l'autre côté de la maison pour porter un toast à cette amitié naissante, face à l'océan. »

Tout le monde le suivit.

L'instant d'après, un magnifique feu d'artifice embrasa le ciel de la côte du New Jersey, pour le plaisir de milliers d'yeux.

Regan posa la tête sur l'épaule de Jack. « Une envie spéciale pour le week-end prochain ?

— Revenir ici en amoureux ? suggéra Jack.

— Brillante idée », répondit Regan.

REMERCIEMENTS

Je remercie chaleureusement tous ceux sans qui Regan Reilly n'aurait jamais pu se rendre à ce vide-grenier !

Comme toujours, mon éditrice et amie, Roz Lippel à qui je suis tout particulièrement reconnaissante pour ses précieux conseils et son soutien indéfectible. Merci, Roz ! Regan et Jack te remercient également !

Gypsy da Silva, directrice adjointe de la préparation de copie.

Rex Bonomelli, directeur artistique.

Lisa Erwin, chef de fabrication.

Joshua Cohen, préparateur.

Lisa Erickson, assistante d'édition.

Carla Jayne Jones, designer graphiste.

Esther Newberg, mon agent.

Ma famille et mes amis qui n'ont cessé de m'encourager pendant l'écriture de ce roman.

Merci également à tous mes lecteurs – j'espère que vous lirez avec plaisir l'étrange week-end de Regan et Jack sur la côte du New Jersey !

Carol Higgins Clark dans Le Livre de Poche

L'Accroc n° 7694

Richie Blossom est fier d'avoir inventé le collant indémaillable, indéchirable. Mais cette nouveauté suscite bien des convoitises et on vient par deux fois d'attenter à sa vie. Regan Reilly va tenter de résoudre l'énigme…

Au voleur ! n° 32543

100 000 dollars : c'est la somme qu'Abigail, une jeune coiffeuse de stars d'Hollywood, vient de voir s'envoler… en même temps que son petit ami ! Il lui faut coûte que coûte retrouver celui qui s'en est emparé.

Bien frappé n° 17026

Aspen, dans le Colorado. Plusieurs tableaux de grande valeur ont disparu dans de luxueuses résidences. Eben, un cambrioleur repenti en qui Regan a confiance, est accusé…

Chute libre n° 37139

Regan débarque à Las Vegas, à l'appel de Danny, un ami d'enfance. Celui-ci produit une émission de téléréalité, où des couples au bord de la rupture disposent d'une semaine pour se réconcilier – les plus convaincants empochent un joli paquet de dollars.

Le Collier volé n° 37242

Sur la plage de Waikiki, l'océan rejette le corps de la journaliste Dorinda Dawes. Venue rejoindre sa meilleure amie, Regan renonce à ses vacances pour mener l'enquête.

For ever n° 31293

Dans quelques jours, Regan Reilly dira « oui » à Jack, son fiancé, le chef de la Brigade des enquêtes spéciales. Elle doit être habillée par deux stylistes new-yorkais. Mais leur atelier est cambriolé, et sa robe, volée.

Irish Coffee n° 31673

Regan Reilly et Jack sont en voyage de noces en Irlande. À Hennessy Castle, les incidents étranges se multiplient.

Par-dessus bord n° 76666

En se rendant à la réunion de St. Polycarp, Regan ne songeait qu'à oublier ses soucis. Dix ans plus tôt, au même endroit, l'une de ses amies, une jeune héritière grecque, disparaissait.

Pas de veine n° 37085

Au cœur de la bonne société hollywoodienne se prépare l'étonnant mariage d'une vieille star de cinéma, très digne et surtout très riche, avec un homme de cinquante ans son cadet.

Sur la corde n° 17148

Regan Reilly voulait profiter de la Fête nationale pour se reposer chez ses parents ! Une jeune chanteuse, menacée par des lettres anonymes, lui demande protection.

Tempête sur Cape Cod n° 32892

Pour fêter leur premier anniversaire de mariage, Regan et Jack ont élu Cape Cod. Leur tête-à-tête est de courte durée : Adele Hopkins disparaît au cours d'une violente nuit de tempête.

Les Yeux de diamant n° 37043

À la veille de son centenaire, le Club des pionniers, à New York, voit l'un de ses membres mourir dans des circonstances suspectes, et des diamants, dont il comptait faire don au club, disparaître mystérieusement.

Zapping n° 32116

Canicule à New York. La nuit tombe et c'est la panne ! Une occasion rêvée pour les malfaiteurs en tout genre de passer à l'action : tentative d'effraction chez Regan, cambriolage dans une galerie d'art, disparition d'une jeune femme…

Du même auteur
aux éditions Albin Michel :

PAR-DESSUS BORD, 1993.
L'ACCROC, 1995.
BIEN FRAPPÉ, 1996.
SUR LA CORDE, 1999.
LES YEUX DE DIAMANT, 2002.
PAS DE VEINE, 2003.
CHUTE LIBRE, 2004.
LE COLLIER VOLÉ, 2005.
FOR EVER, 2007.
IRISH COFFEE, 2008.
ZAPPING, 2009.
AU VOLEUR !, 2010.
TEMPÊTE SUR CAPE COD, 2011.
ARNAQUE À HOLLYWOOD, 2013.

En collaboration avec Mary Higgins Clark :

TROIS JOURS AVANT NOËL, 2000.
CE SOIR JE VEILLERAI SUR TOI, 2001.
LE VOLEUR DE NOËL, 2004.
LA CROISIÈRE DE NOËL, 2006.
LE MYSTÈRE DE NOËL, 2008.

PAPIER À BASE DE FIBRES CERTIFIÉES

Le Livre de Poche s'engage pour l'environnement en réduisant l'empreinte carbone de ses livres. Celle de cet exemplaire est de :
350 g éq. CO_2
Rendez-vous sur www.livredepoche-durable.fr

Composition réalisée par NORD COMPO

Achevé d'imprimer en février 2015 en France par
CPI BRODARD ET TAUPIN
La Flèche (Sarthe)
N° d'impression : 3009279
Édition 02 – février 2015
Dépôt légal 1re publication : juin 2014
LIBRAIRIE GÉNÉRALE FRANÇAISE
31, rue de Fleurus – 75278 Paris Cedex 06

49/4443/8